花开花落花满天

BLOSSOM
FALLING OFF
DANCING IN THE SKY

张秀君　著

中国海洋大学出版社
·青岛·

图书在版编目（CIP）数据

花开花落花满天 / 张秀君著. -- 青岛:中国海洋大学出版社, 2019.3

ISBN 978-7-5670-1381-0

Ⅰ. ①花… Ⅱ. ①张… Ⅲ. ①散文集－中国－当代 Ⅳ. ①I267

中国版本图书馆CIP数据核字(2019)第233116号

出 版 人　杨立敏
责任编辑　郭　利
装帧设计　王谦妮

出版发行　中国海洋大学出版社有限公司
社　　址　青岛市香港东路23号
电子邮箱　cbsbgs@ouc.edu.cn
本社网址　http://pub.ouc.edu.cn
订购电话　0532-82032573（传真）

印　　制　青岛国彩印刷股份有限公司
版　　次　2019年10月第1版
印　　次　2019年10月第1次印刷
成品尺寸　170 mm×230 mm
印　　张　13.5
字　　数　200千
印　　数　1-1000
定　　价　42.00元

发现印装质量问题，请致电0532-58700168，由印刷厂负责调换。

花开花落花满天，情来情去情随缘。
雁来雁归雁不散，潮起潮落潮不眠。

目录

CONTENTS

第一辑　云卷云舒

第二辑　时间魔方

第三辑　不负我心

Vol.3

BUFU WOXIN

第一辑

云卷云舒

青岛的雨

来到青岛后，便也经历了几场雨。

青岛的雨，与河北的雨是不一样的。这是个炎热的夏季，正是雨水比较多的季节。如果在河北，就如老话说的，这夏天的脸就像孩子的脸，说变就变。刚才还是晴空万里，艳阳高照呢，转眼工夫，就会乌云压顶，电闪雷鸣，紧接着倾盆大雨便会从天而降。因此，在家乡，在河北，在夏季里，晴天出门都是要带雨具的。雨前的天气异常得闷热，闷得简直透不过气来，人畜都会大汗淋淋，“呼哧”“呼哧”地喘着粗气。雨来了，哗哗，哗哗，像天空里开了天河，雨水就那么豪爽地倾泻了下来。雨来得快，走得也疾。这些乌云，卸载了这些雨水的负重，也就轻松起来，如棉如雾，如丝如缕，难以形容。此刻，人们纷纷走出家门，到大街上，呼吸着雨后清新的空气，凉爽而惬意。

青岛的雨，来得绵绵的。早早地天上就开始布云，布得那么不甘不愿地，东拉一块，西扯一块，就像一个懒散惯了的人让他做点儿活计那样，心不在焉，毫不负责。雨终于来了，来得也是那么柔绵，没有狂风暴雨，就从天到地拉着无数的雨线。青岛的树极多，所以当雨水下来后，到了地面并没有多大的声响，犹如是江南小雨缠绵的样子，滴滴答答，羞涩而柔情。

都市里的人们，打了伞，走在湿湿的街道上，依然是那么匆匆。

我独坐，听窗外的雨，品古树白茶，我觉自己此时却是个好清闲的人。

- 2017 年 7 月 -

承德游散记

一路风景一路情

与女儿约好，暑假出去旅游。

旅游的方略有三：一是美丽的云南；二是蔚蓝的大海；三是辽阔的草原。

女儿云，假期有限，云南之旅难以成行。在大海和草原之间选择，不如到凉爽宜人的山城——承德，既可以看到一碧千里的草原，又可以感受一下帝王的庄园神韵。

在成行之日的前十天，我先后排了两次队，终于在衡水车站买到了去承德的火车票。票值不高，但是要一路站立而去。

女儿惊呼："苦也！"

无奈！因为衡水不是始发站，根本就不售坐票，更不用说卧铺了。如果从始发站石家庄买票，这个时节正是客运高峰，去了那里未必能买上合适的票。

于是，我安慰女儿："不行，就到餐车混一晚。无非是多吃几顿高价餐而已。"因为，去年我到哈尔滨开笔会，也是买的站票。我便和萍韵挤进餐车，每人一张红票，从傍晚"吃"到了第二天凌晨 5 点。

女儿按照约定时间赶了回来。第二日午饭后，我们便去衡水车站候车。

列车准时到站，我们登上了列车。没想到，空位极多。便选择了一个挨近列车门的位置坐了下来。

对面早已坐着一位四十多岁的中年男人，正是因为问过他之后，才知道他旁边和对过的位置都没有人。我和女儿坐他对面，随车上来的一个小姑娘坐那位中年人的旁边。

这可能是我坐火车以来遇到的最陈旧的一列火车。不说漆面斑驳的车厢和没有罩子的座椅，就只看吊在火车顶上的那一排正在左摇右摆的陈旧电扇，你就知道这列火车真是咱平民百姓的“坐骑”，怪不得价位这么便宜呢！

车窗是打开的，凉爽的风不断地吹进来。旅客既感到了空气自然清新，又能观赏车窗外的盛夏美景。

尽管如此，我却还是提心吊胆。总担心在每一个站停车时，会涌上那拿着“硬座”上来的乘客，与你客气地一晃，你就得乖乖地起身让座。那样的话，我们也就苦了许多。

因为是夏季，所以夜晚的时间很短。对过的中年男人大概在德州下的车吧，女儿便过去占了他的位置。因为对过是一个三人的位置，两个小姑娘在一个位置上也不显得拥挤。我这边，一个人占着两个人的位置，还能坐得舒服一些。

不知到了哪一站，涌上来的乘客开始多起来。天色也已经暗淡下来。对过的小姑娘在静海就下了车，随即便上来了一个年轻小伙子，插着耳塞，一直在摇头晃脑，沉醉其中。

后来，对过又坐了一个年轻小伙子，坐在女儿和那位小伙子中间。我这边也同时落座了一位中年男子，后来谈话中，他竟然与我同龄。这些人都是到承德去的。我们成了同路人。

年轻小伙子和中年男子都是沧州人，都是搞建筑的。好像他们是认识的，只不过，去的单位不一样，干的工种也不一样。

年轻小伙子还是个在校大学生，学的是建筑专业，正是实习的阶段，在承德高速相关单位谋了个职，负责那里的高速公路建设安检。中年男子是建筑工头，他虽然声称自己只是个打工的，但是从他的言谈举止中，可以看出他是这个工程承包队“最高领导”。

话题自然而然转到了孩子的读书上学问题上。因为小伙子是大学生，中年男子的儿子今年升高三，面临明年的高考。于是，在关于是否求学、是否求学于高一级的专业学校等问题上，便展开了探索性和经验性的讨论。列车上这一样倒好，不管是天南海北的，只要你想说，只要你愿说，尽可以说。没人反对你，没人歧视你，大家非常友好。漫长的路程减少了寂寞。

我从事教育，自然话题也很容易插进。女儿不想听，只是看着外面的风景。听音乐的小伙子更是无暇听，他继续陶醉于他的音乐中。

过北京站时，列车停歇了半个多小时。而涌上来的乘客挤满了整个列车走廊。想去趟厕所都难，车厢里特别拥挤，脚抬起来，都没有落足的地方。

这个列车大概没有餐厅，饮水处也是在一个真正的锅炉里往外放水。锅炉被一个铁门包着，打开铁门，便看到一个锈迹斑斑的锅炉，里面的炉火正旺。没想到我第一次见到原始的茶炉，竟在列车上。

人多，如厕难，自然水还是少喝为妙。

车窗外一直下着雨。上车时天公还作美，不知道走到了哪里，外面的雨便从车窗外飘了进来。大家慌忙关窗。关窗后，里面又是异常闷热，于是又开窗。这一路上，窗户开开关关，不知道折腾多少回。最终还是没有阻挡住雨水的侵袭，它便顺着窗缝挤了进来，悄悄在我们的脚下蔓延着，一点点拓展着它的领地。直到贴坐在座位旁边地上的那位中年人突然惊叫：“我裤子湿了！”，大家这才慌乱起来，赶紧把座位下的行李往高处拿。

渐渐地，车厢里安静下来了，人们都进入了梦乡。人多，怎么睡觉的都有。坐着的，趴着的，站着的，都以不同姿势保证着自己的睡眠。

正睡得香，听到女儿在轻声叫我。原来，外面的天已经亮了，景物看得非常清楚。看看表，已是凌晨四点了，列车行进在大山里。

近处的山壁呼啸而过，远处的山峦，就像天空中的一抹云线，渐渐地，就什么也看不到了，原本以为那里是一片广袤的大平原呢。实际上，云雾之中，隐藏了那么多的连绵起伏的山峦。

突然，在山峰之间，悬浮起一个大红圆球，它的上方和周围是道道彩霞，还有不断上升的墨蓝的云雾，丝丝缕缕的，边缘泛着亮光。啊，这就是所谓的“云蒸霞蔚”吧?

我让女儿快看日出。但是随着列车的呼啸，山林隐没了彩霞，更看不到那巨大的红日。此后，就再也没有看到太阳，只有云雾之中层层叠叠的山峦。

承德快到了，因为看到了低矮的屋舍，看到了林立的高楼大厦。我们居住在平原，看着外面嵌伏在山脚、山坡中的那些居民住宅，心里不免有些担心起来。如果下大雨，或者山洪暴发，居住在这里的人们躲到哪里去呢?

旁边的中年人笑笑，说：“人家早已有泄洪沟。你看，他们的房顶多简单，只用几个砖块压了油布而已。显然这里不会有大风，排水又好，肯定是一个安全的地方。”我觉得他说的话很有道理。

临近承德站，列车又停歇了二十多分钟。最后，这列“老爷车”终于缓缓地开进了站台。

导游打电话告诉我们，出站口往右拐，那里有个麦当劳店，就在那里等候旅游车。

三道牌楼和老榆树

导游是两个年轻的小伙子，还都是在校学生，利用暑假做导游工作。一个姓赵，一个姓苏。开车的师傅姓张。我向来到一个新地方就迷失方向，因此，从火车站出发，也不知是奔哪个方向，总之车子是向右拐的。其间经过了三座牌楼。

导游介绍说：“承德市西大街是当年的‘御路’。为了显示皇帝的气派和威严，就在东起火神庙，西达水泉沟口修建了三座牌楼。清朝皇帝来避暑山庄、外国使臣及王公贵族来承德朝觐皇帝都要经过御路上这三座牌楼。”

三座牌楼之间每座间隔 1.5 千米，牌楼结构优美，设计古朴典雅，雕画精细，宏伟壮观。三座牌楼横额题字，均有其深刻的用典和含义。

头道牌楼横匾题字“光天化日”。“光天”出自《尚书·益稷》：“帝光天之下，至于海隅苍生。”意为最大的天、大白天。“化日”出自《后汉书·王符传》：“化国之日舒以长，故其民闲暇而力有余。”指生长万物的太阳。“光天化日”用来形容太平盛世。

二道牌横匾题字“九功惟叙”。语出《尚书·大禹谟》：“德惟善政，政在养民。水、火、金、木、土、谷维修，正德、利用、厚生，惟和，九功惟叙，九叙惟歌。”“金、木、水、火、土、谷”称为“六府”，“正德、利用、厚生”称为“三事”，“六府”加“三事”就是“九功”。喻吏治清正，国家安定之意。

三道牌楼横匾题字“八表同风”。“八表”，《辞源》解释为：八方之外也，指相当遥远之地。古时候整个中国就叫作八表，就是澄清天下的意思。“八表同风”，《康熙字典》解释为：同，和也，平也。风，八方之风，察天地之和命，乘别样之吉祥。“八表同风”意为，天下八方内外疆域，政通人和，江山一统，太平兴旺。喻为“四海同风，天下一统”之意。

我发觉这三座牌楼在建筑风格和形式上是不一样的。虽然，三座牌楼都均为木质结构，重檐斗拱。但是，头道牌楼和二道牌楼都是3个空档，中间空档宽、两侧窄，中间空档立柱高于两侧的立柱。4根支柱都是坐在石头底座上，石座上雕刻着精美的花纹。第三道牌楼的格局特殊一些，它的中档是2根支柱，两侧为垂花门似的垂头样式，显示出古朴与端庄。这三座牌楼的顶子都是彩画雕刻，在中间空档处镶嵌着牌楼的匾额。

因为旅游车是要等游客上车的，因此，在经过这三道牌楼时，每一道牌楼都停留了片刻，让大家得以仔细观看。通过这三道牌楼后，游客也上齐了。按导游的话说，这车是先向西再向北的方向行驶的。

出城，首先见到了“元宝山”，果如一个巨大的元宝，稳稳地托在山顶之上。这也是给承德这座城市招财进宝的意思吧。真是天然造物，上天也垂青这片美丽的土地。

汽车一直在急速地向前行驶。因为昨天一夜的劳顿，迷迷糊糊，很快我就进入了梦乡。恍惚中，听到导游小赵在唤醒大家，说："大家醒一醒，前面就是榆树村了。"

顺着导游的手向右侧看去，果见一棵硕大的榆树，参天而立。向外伸展的枝条上，飘舞着大大小小的红绸条。导游说这是大家的祈福。

这棵榆树究竟有多少年的树龄，谁也不清楚。只知道在很久以前，于家人因为这棵榆树，而在这里安家。榆树越来越枝繁叶茂，于家的子孙繁衍也越来越兴旺。于是，慢慢扩展到了现在的 2000 多人。这棵榆树被誉为于家的"图腾"，每家每户每天一丁都来义务看护这棵生命的常青树。这就是承德人，淳朴而善良的民风。

车子一路前行，我又在恹恹中进入梦乡。

坝上风云情

旅游车一路前行，车窗外蓝天白云，层峦叠嶂。

随着路上来往的车辆增多，道路两旁的红红绿绿的小商贩招牌的霍然入目，"塞罕坝欢迎您"，六个红色大字醒目悬浮于葱郁的松林之上，不仅为之一震，"塞罕坝到了！慕名久已的塞罕坝到了！"

导游介绍，塞罕坝由两大部分组成，一部分是森林，在河北境内；一部分是草原，在内蒙古境内。因此到坝上草原，必须要过"界河"——这是河北和内蒙古的分界线。

车子逶迤盘旋前行。司机师傅没有高超的驾驶技术，是无法在这样的路况上行驶的。道路极窄，两辆大巴车要是相遇，必须把车子退到稍微宽些的地方，小心地慢慢通过。

何为"坝"？蒙语的意思是"山岭"。也就是指高原和平原的过渡地带，海拔在 1300～1600 米。旅游车就是在从平原地区慢慢向上爬行，要爬行到 1600 米以上的高处。这里地貌奇特，山峦连绵起伏，河流绵亘蜿蜒。车子不但要爬行，还要做急转弯。因此，导游一直叮嘱游客要抓紧把手，以免碰伤。此刻，大家的心也真的就随着道路的崎岖，车子的起落而悬了起来。车窗外一闪而过的松林再也无暇去观赏。幸好，导游说，明天回来的时候可以登上塞罕坝塔来观赏松林的整个景貌，大家的心才有些释然。

尽管如此，车窗外特别的景致还是引得游人不由地惊呼：

“看，那山坡上都是花啊！”

“是啊，各种颜色的花，真美啊！”

我们进入塞罕坝景区的第一件事就是入住宾馆。吃过坝上的第一餐饭，车子又开始了行程。四十分钟后，便到达了坝上草原。

这真是一个辽阔的地方。放眼望去，全是绿的。平地是绿的，小丘也是绿的。新鲜的空气，清爽的心情。

骑一骑蒙古马，滑滑草坡，张弓射箭，都是大家期盼着的。

还没来得及驻足观赏草原的美丽风景，从西北方向赫然升起了无数的墨线，丝丝缕缕的，急剧而来势汹汹。

墨云翻涌着，聚集着，很快便袭上了半空。“唰唰，唰唰”雨声由远而近，顿时，冰凉的雨点齐刷刷地斜打下来，“啪啪”地犹如激进的战鼓敲打在凉棚顶上。强劲的风一阵又一阵地侵袭着游人的雨伞、雨披……

大家组成了人墙，一层层地互相包裹着，最外面的撑起了雨伞。尽管如此，脚下都是水，裤脚也被雨水浸湿，透骨的寒冷。

雷电，也不失时机而来。“咔嚓……”随着一道利剑似的闪电划过，眼睛还没来得及睁开，霹雷便在头上炸开。在人们的惊叫声中，只见一道白亮的火花顺着电线闪去。就在大家惊诧不已的时候，拇指盖大小的冰雹被风卷着噼里啪啦地落满了地。整个草原都笼罩在墨色的雨雾之中。

风有些无力了，雨也似乎消退了些霸气。寒凉依旧侵袭着我们的身体。

“你看我们这哥们，多么勇敢！”一个游人目视着雨中的那匹匹骏马。

的确，这骏马在这样的狂风暴雨中，没有一匹昂头长嘶，也没有一匹顿足甩尾，只是静静地，静静地，伫立着。

那位游人依旧发着他的感慨“这就是我们哥们的风采！这就是我们的品质！”

我打趣道：“看来您是属马的？我也是。”

“是吗？那咱们这哥们姐们都有着如此淡定的风采呢！”

那些在大雨之前已经骑马出行的游人，这个时候真的如凯旋的将军，“雄赳赳”地回来了，淌着雨水的脸上挂着骑士般的笑容。

大家用友好的掌声，欢迎着骑士们的凯旋。

坝上的天气是多变的。很快，墨云翻滚着向东南方向而去，这边的天空渐渐露出了微蓝。

坝上的景色也是多变的。东部天空，被灰色的雨雾笼罩，显然那里已经是暴雨如注。正南的半山腰上，袅袅地升起了烟雾，慢慢地升腾上去，汇集成轻飘的云，渐渐，变得墨黑。这是我第一次看到云在半山腰升腾的景象，好惊诧这景色的奇异。远处的山峦，渐隐渐现于朦胧的云雾之中。

而雨后的草原，鲜亮地再次展现于游人的面前。蔚蓝的天空下，是一望无际的绿地。无论是山坡还是小丘，线条柔和得让你感觉不到它的起伏。各种颜色的花儿开在黄绿相间的草丛中，晶亮的水珠在绿叶上、花瓣间滚动，像是含羞的仙子，娇柔而又恬静。远远的绿地上，无数的马儿悠闲地吃着牧草，就像巧娘在无边的绿毯上点缀上去的花饰，自然而又惊艳。晴朗的天空，清爽的空气……

置身在草原之中，那种辽阔，那种静美，让你久久伫立，久久凝视，而又展开无边的遐想……实际上，什么也没有去想，什么也不用去想，只是静静地享受，享受这份宁静，享受这份淡定。于是，便给了自己一个无边的空间，天地之大，唯我独小，还有什么可以斤斤计较的呢？

草原又热闹起来。

无论是乘坐吉普车，还是骑马，观赏草原，都是一种美的享受。体验一下滑草运动，更是对大自然的切肤亲近。

穿上漂亮的蒙古族服装，骑上英俊的蒙古马，给自己留下一张青春靓丽的倩影，是每一位游客来到草原自然而然的心愿。于是，我们在蒙古族大姐的热心帮助下，拍摄下了一张张洋溢着热情、欢快、友好而纯真的草原照片。

时间过得很快，在导游的催促下，大家不得不与草原挥手告别。

溯滦河之源

滦河源头距红山军马场不远，车行几分钟便到了。

滦河源头，俗称界河，是河北省与内蒙古自治区的分界线。蒙语为“吐力根河”，也叫九曲河。之所以叫界河，除了是两个地区的分界线外，更重要的是地理位置的分界。吐力根河远远望去像一条玉带飘落在坝上草原高原。河南河北有着截然不同的地貌。河的北岸草原辽阔，丘陵起伏，山花烂漫，植被保存完好，大有风吹草低见牛羊的壮观景象；河的南岸是无边无际人工林，浓荫如盖，松涛阵阵，让游人切身感到人类改造大自然的惊人壮举。

滦河桥并不大，桥面狭窄，桥下只有四孔桥洞。桥头分别用蒙文、汉字标注着“滦河源头桥”，这也向人们展示了桥的一端是蒙古族自治区，桥的另一端是河北省。湍急的滦河水，从桥的一端顺流而下到桥的另一端，然后再湍湍流去。因此，当地人民便开设了游览项目——漂流。顺流漂下，可以领略一下与浪搏击的乐趣。

两块不大的石碑，分立河两岸，蒙文、汉文标注——“滦河源头”，表明这是引滦入津的那条河的源头。而这两块石碑的独特，是它的不规则，就像天然而成。这也是在有意向人们展示，人类与大自然是分不开的。只有大自然的东西，才会让人类绵延生息，代代相传。

桥两岸的大路边，不知是汉族人还是蒙古族人，摆满了大大小小的摊位，别具地方特色的产品，牛肉干、蘑菇、毡帽、马刀、干支梅，吸引着游人的眼球，挑逗着游人的购买欲。不管需要与否，都要买上一些，哪怕是一件两件呢，也留作纪念。

听朋友介绍说，这里的干支梅别具特色，价格不但便宜，并且这种有着黄蕊、淡紫色花瓣的植物，拿回家后，不用插在水里，就这么放着，两三年后，它的颜色依然艳丽如初，依然散发着淡淡的清香。于是，我们花了 10 元钱买了三把干支梅。这干支梅一路珍藏，到承德下榻的宾馆后，却落在了的哥的车后备厢里。

回到住处，灯火已经亮了起来。

美丽的月亮湖

月亮湖，位于河北省承德市围场境内，蒙语称为“萨伦诺尔湖”。在蒙古族人们心中，太阳和月亮被尊为“神”，而萨伦诺尔湖是一个在海拔 1400 米以上高原湖，外观形状圆似天上之月而得名。听说电视剧《还珠格格》的外景拍摄地就在这里。

汽车刚刚停稳，游人便冲了出来，犹如小鸟般扑向了大自然的怀抱。

啊，这就是美丽而神奇的月亮湖。远远望去，只见一椭圆的明镜镶嵌在绿茵碧草之中。足有 6000 平方米的月亮湖，在这浩瀚的绿野中，却显得如此得娇小而明丽。

通往月亮湖的路线有两条，一条是弯弯曲曲的小径，一条是向右再向左走的大路。不管哪一条路，都开通在绿毯之上。令人惊奇的是开在绿草中的无数的野花，什么颜色的都有，红的、黄的、白的、紫的，就单单一种颜色的花，比如说黄色的吧，就有那金黄、淡黄、浅白黄，这里简直是花的海洋。只可惜，除了卖花的大姐告诉我的那种金莲花外，其余的我都不认识。当地人非常具备环保意识，花园似的绿毯被圈在一米来高的铁丝网内，游人只能驻足观望，不能近前品赏。因此，这些争奇斗艳的花朵，只好借助相机，拍摄下来。

月亮湖真的好大，远不是在远处眺望她所看到的那块明镜。俯身看那湖水，那简直是平铺在你脚下的一幅美丽的画卷。蓝蓝的天空做了浅蓝的底色，漂浮的白云便是那多彩的浮萍，漾在湖面的深绿的藻草，变换着不同的颜色。那水草也有了各种的姿态，或热热闹闹地簇在一起，嬉笑着；或顽皮地探出水面两尺多高，窈窕着自己的娇柔。石墩、凉亭，以及远处的树木、房屋还有风车，都倒映在这碧波荡漾的湖水里，神韵流淌在这幅画中。

天是蓝的，湖水更蓝得令人心动。冲舟湖上，船舷飞溅的白浪，就像在蓝湾里滑过的一道白线，柔情地书写着一段古老的传说。

站在月亮湖的小亭子里向四周观望：月亮湖的北面是整齐翠绿的人工林，西、南两面是御道口牧场，集森林、草原、湖泊为一体。月亮湖的西北便是有名的百花坡。想一想，电视剧《还珠格格》中，几个俊男靓女骑马放歌在花丛中，多么惬意舒畅！现在观之，一点不假，谁在这样的美丽风景里，都会尽展歌喉。

这里游乐的项目很多，骑马、射箭、套圈、草地摩托、坐羊车，还有大转轮等。到草原，自然要进行草原才有的项目。骑马已经领略过，射箭可得要做一番尝试。

弓弦很多，我顺便拿起了一张弓，无论我用多大力气，弓依然是老样子。一位大姐走过来，笑着跟我说：“这个弓你是拉不开的，我给你换张小的。”她很快就拿来了一张，手把手教我如何拉弓放箭。自认为可以了的我，第一支箭便被我射到了靶子之外，并且左胳膊还被弓弦狠狠抽了一下。第二支，还好，射到了靶子上，七环，弓弦依然狠狠地抽了我的左胳膊。我试着向外拉些，胳膊没被抽到，箭射偏了，勉强射到了靶子上。看来，射箭真是得需要一番功夫的，远不是我们看电视那么简单。况且，这射箭过去是行军打仗的武器，容不得你有半丝的差池，哪里有工夫等你一箭箭地放空？女儿只拉了一下，就再也不想拉了。她就举着个照相机，为她的老妈拍摄下一张又一张的弯弓射箭图。

月亮湖畔有一“福寿寺”，寺庙旁边的大牌子上讲述着月亮湖和福寿寺的美丽传说。我的习惯逢庙必进，于是便踏入了这一方净土。烧香拜佛，听道诵经，留下些许的功德钱，步出庙门。其实，我只是一点心意而已，最起码我想为那多情的乌云姑娘和以孝道著称的康熙皇帝弘扬一下精神吧。

时间充裕，得以置身于大森林中。脚踩着厚厚的松针，手摸着直冲云霄的苍松，仰望着蓝天白云，一种神奇，一种伟大，油然而生。松下是悠悠的碧草，碧草间开着各种鲜艳的野花，让你感到了森林是如此的亲切。

这虽然是一片人工林，但是依然让我感到了大森林的浩瀚。正如老舍先生所能感受的那样，她给人的感觉是一种实实在在的美，美的有内容，美的有意义。

游人终于三三两两地谈笑着回到了大巴车，带着众多的不舍……

再见了，美丽的月亮湖！

相识塞罕坝塔

初识塞罕坝，先认识的是这个名字。大概是七八年前吧，在我们这里风行了一种酒，那便是塞罕坝酒。尽管塞罕坝酒以一种是势不可挡之威，闯进了千家万户，稳坐在大席小宴上，而对于塞罕坝的了解，大部分人仍然是个谜。

离开月亮湖，下一个目的地就是纵观塞罕坝。实际上，塞罕坝何止是一处所指，而我们的去向，只不过是奔向塞罕坝塔，站在塔顶可以俯视塞罕坝森林全貌。

从月亮湖出发，大巴车很快就来到塞罕坝塔。远远望去，只见一座飞檐式高塔立于丛林之上。

大家在导游的指引下，进门向右，参观灵验佛石庙。这座庙宇极小，由 13 块削磨见方的石头砌成，庙高一点九六米，面宽一点二一米，进身一米，庙顶由一块石头凿成瓦状模样。庙内一尊坐佛像，身披红色袈裟。称之为康熙御封天下第一小庙。庙门两旁，镌刻着一副对联，上联是“清得道千秋不朽”，下联是“塞北佛万古流芳”，圆拱门上的横批是“英灵千古”。在庙前有一座石碑，由于年久风雨剥蚀，字迹已经无法辨认。

关于“赛罕佛”有这样一个传说，清康熙皇帝率皇族成员以及数万士兵，到围场来围猎。可是老天不作美，连日秋雨霏霏没有停歇的意思，有人建议皇帝等雨停了再走。康熙看看天，说：“就是下红雨也得走！”刹那间，天真的下起了红雨。康熙不禁纳闷：“难道有什么东西想讨封？”话未落音，康熙眼前一亮。前面几步路外出现了一个小池塘，一只三足金蟾趴在池中的石头上。康熙暗惊，对金蟾说：“你若能让雨停了，朕封你为塞北灵验佛。”金蟾隐身而去，转瞬雨过天晴。于是康熙便下令在此修建了一座小庙，赐名“塞罕灵验佛”，又称塞罕佛。

而真正的灵验佛石庙却在通往小庙的胡同左首。一块去掉树皮的木头上，书写着“赛罕庙”三个大字，被牢牢钉在庙门旁边的松木树干上。这是一座极简陋的小院，门楣书写“赛罕灵验佛”，“皇恩赐金蟾风调雨顺”“民愿筑庙宇国泰民安”两副对联分列门庭两边。小院内倒也香火缭绕。我不明白，为什么祭拜和佛石庙要分开，是不是怕打扰灵验佛的清静？

赛罕塔位于东坝梁顶，是为纪念清康熙大帝御封的赛罕灵验佛而建。塔体为七层八角仿古建筑，跨度 21 米，塔座高 4 米，塔身高 42.8 米。塔顶层能容纳 100 人同时参观。登塔而望，东眺康熙练兵台；南关秀媚翠花宫；西瞰草原明珠月亮湖；北揽万顷林海。

塔梯全为木质，塔道窄小。登上塔顶，我已气喘吁吁。不过，站在塔顶上，透过小窗向外观望，塞罕坝森林尽揽眼底。满目苍郁，满耳松涛。大自然的磅礴，大自然的气势，强烈地撞击着心鼓，令人惊叹、喟然。

曾立于峰顶，有“一览众山小”之感。而如今，面对这浩瀚无边的苍郁，不由得张开双臂，既想扑入这厚实的林海之中，又想拥这绿色于怀中。深深吸进一口气，大自然的苍劲激荡于胸怀；长长吐出一口气，我心静然！

神圣的也好，传奇的也好，那只不过是人们心目中的一座庙宇。而大自然才是人类真正的财富，无论是物质的，还是精神的。

走进皇家园林

今天，天气格外适宜。云雾疏疏地遮蔽了蓝空，日头犹如一位娇羞的新娘，把脸儿隐在墨纱里，偷偷向外窥视的那一瞬，更见她的妩媚和可人儿。

正是旅游旺季，游客早已在丽正门外排起了两条长龙。

终于我们随着那人流，走进了这座皇家园林。

一股淡淡的楠木清香，引我们到“澹泊敬诚”大殿。整座殿宇在满院苍松翠柏映衬下，庄重巍峨，清幽典雅，古朴无华。

“四知书屋”，这是一座5间大殿，是供皇帝在大典前后更衣小憩的场所，乾隆题名。“四知”，取自于《周易》里的“君子知微、知章、知柔、知刚，万物之望”。从中可以品味到当代统治者“刚柔并济，恩威并施”的统治思想。

站在礁石上，领略一下湖水碧波的清漾；水心榭前，欣赏接天莲叶无穷碧的壮美。

文园狮子林与水心榭隔湖相望，它东部是以假山为主体的狮子林，西部是以水池为主景的文园，合称文园狮子林。山石姿态万千，形状各异，终觉有那种雄浑之气匿于其中。

再看这奇异的山石，却是园外园内景致的缩影。比如园外的磬锤峰（又名棒槌山）、罗汉山，园内的“南山积雪”“锤峰落照”等景点。

文园内，凭窗观望，可以一睹江南美景，也可以静听水音。乾隆皇帝每次来山庄必游文园狮子林，曾赞誉：“何必江南罗倚月，请看塞北有江南。”此时的文园，大门紧闭，一把生锈的“铁将军”紧紧地封锁了里面与外界的沟通。不能入内，着实是一大遗憾。

在“狮子林”里我们徜徉了许久，但也让我着实惊吓住了。沿亭子的石级下来，到文园去，想走一条捷径，结果我慌乱中，险些栽进水里。好一阵惊吓，要不是女儿及时拉住了我，后果真的不堪设想。本来心脏就不是太好的我，此时，手脚发软，呼吸都是那么的困难。看似不是很危险的后果，但对于我来说，已经超出了心脏的承受能力。

险些落水，确实对我震惊不小。以至于回到家后，有两次做梦又重演那次的危险。我真的很后怕！我终究觉得那是一场让我后悔不迭的路线选择。如果不贪近路，顺原路返回，就不会有这样的危险发生了。就是因为自己高估了自己的承受能力，而造成了心理上的恐惧。因此，我告诫自己，以后出游，危险的路线不要走，这不是在挑战自己。突然也有了这样的启示，遇事不可太贪，欲速则不达，退一步海阔天空。

来到镜湖，真的被这里的静美所撼动了。湖光山色，都是在那波澜不惊之中。在这里，你能真正体会出“淡泊明志，宁静致远”的深刻含义。

万树园内，古树参天，绿草萋萋。如果不是游人在这芳草地里留下了一块块的“牛皮癣”，这里真如世外桃源。

攀爬南山积雪，是一种力量的抗衡，这才是挑战。这与走捷径冒险是两码事。在攀越的途中，你是在检阅自己的毅力，是在挑战自己，战胜自己。当你站在峰顶，眺望整个避暑山庄的时候，不仅仅观看的是景致，更是一颗激越的心在与大自然亲近。

文津阁，是清代的藏书楼，当年纪晓岚主持编撰的《四库全书》就藏于此。此时的小雨淅淅沥沥地下了起来。雨中观景，更是别有一番风趣。阁前假山怪石堆叠，倒映在碧幽的池水中，却又一次彰显出磬锤峰、蛤蟆山的风貌。在这个山庄里，会时不时地欣赏到山庄内外的特别景致。站在阁前，向池中望去，只见一弯新月在水中轻轻抖动。原来假山洞穴处的上方，有一缺口，形像弯月。光线通过缺口折到水中便可以看到一弯新月在水中闪动。

月色江声，看那立柱根根向内倾斜；观那参天古树，棵棵倾向江心。不禁感慨，这树倾柱斜，大有观月听江之势啊！此景造物，真是独具匠心、巧夺天工！

走进烟雨楼，真想静坐后廊内，手执书卷，享受优雅宁静。又忆起那蔡锷和小凤仙，一曲《知音》，多少悲欢离合，多少儿女情长，多少矢志不渝……

我们静静地走在花木浓荫覆盖的砖石路上，远处的山脉隐在云雾之中。身边的潭水，倒映着杨柳婆娑的枝条……多少美丽的爱情故事就在这静雅里悄悄传说。

我们登船游湖，水儿荡漾，船儿荡漾，心也荡漾……

钟鼓楼中的鼓声，多年不曾响起，只作为了晨钟暮鼓的一种标识。帝王希望自己的江山永远没有终结，所以，就把暮鼓永远尘封在鼓楼里。谁人不盼望着美好总是千日万日？但是，生老病死、胜败兴衰都是自然规律，正所谓的那“人无百年好，花无百日红”一样，有起就有落，有兴就有衰，只有这样，方知进取；也只有这样，方知珍惜。

从德汇门出，武烈河畔已是熙熙攘攘的人群。凉风送习，正是晚饭的时间。

- 2011 年 8 月 -

今天是个好日子

太阳刚一出来，大地便一片灿烂，立刻给人一种暖融融的感觉。

地上的积雪已经溶化得差不多了。只有那背阴处的积雪，还不曾化去。校园里的雪都被堆积在一棵棵国槐下，自然，这雪堆便成了孩子们课间玩耍的好去处。

硕大的雪堆，早已被孩子们滑上滑下地打磨成了光溜溜的冰坡。一个小男孩在玩伴的帮助下，小心翼翼地爬上雪堆，站在那上面，一只手紧紧扶着树干，一只手高高举起，有点“闯王”的气势，在向伙伴们展示：“我多棒”！然后，小心蹲下去，手慢慢离开树干，身子往后仰一下，脚自然而然地就顺着滑滑的冰溜了下来，好惬意啊！

欢声笑语震颤着每一棵树。

槐树只剩下几片叶子，在微风中孤单地摇摆着。那灰绿的叶片，似乎还能唤起人们对它的葱郁的回忆；椿树上，零零落落的是几枝有着干黄叶片的枝桠，犹如河边垂钓的老人，晒着太阳恹恹地打着瞌睡。调皮的麻雀，从这枝跳到那枝，叽叽喳喳地叫着，却很难唤醒他；只有榆树上，那叶子似乎就不曾少过，满枝头都是。每一片叶子都蜷缩着，暗淡的容颜。用手去捏，叶片立刻变作了碎末，在手指缝中滑落下来。它要归根，它扑向大地温暖的怀抱。树干的枝杈间还有积雪。那雪片，在阳光下，闪着熠熠的光辉。

屋脊上，形成了南北截然不同的景致。向阳的一面，早已露出了红红的瓦，润润的，湿湿的，很洁净。背阴的一面，全被积雪覆盖着。那屋脊，那瓦檐，整整齐齐的，高低错落，井然有序，在阳光的照射下，熠熠闪光。

一只大黑猫，匍匐在屋脊的一角，懒洋洋地晒着太阳。黑白相间，形成了鲜明的对比。这也使大家感到好奇怪——猫是喜欢干净和暖和地方的，它为什么选择了积雪的屋顶上呢？也许是它误以为这是棉被了吧？也许它更喜欢雪的洁净呢？呵呵，只有它自己知道答案了。

日近中午，地上的残留着的冰雪慢慢溶化了，成了湿湿的一片。屋脊上的雪也在溶化，水顺着房檐流下来。每一个瓦檐下形成一道水柱，整个房檐就是一道大大的水帘。

太阳暖融融的，大地暖融融的，人也暖融融的。

天，格外的高，格外的蓝；云，格外的白，格外的轻盈。深吸着清爽的空气，心也格外舒朗。

今天是个好日子！

- 2009 年 11 月 -

拉萨，我来了

尽管路途遥远而艰辛，尤其是要经历唐古拉山的难以抗拒的高原反应。但是，脚一踏上拉萨，清新的风立刻吹面而来。大朵的白云，洁净湛蓝的天空，洁净的街道，加上那三步一岗的透着庄严的卫兵，立刻被一种神圣的情感所包融。

当矗立拉萨西北角的布达拉宫出现在眼前时，我真不敢相信这就是向往已久的那座神殿。金色的顶子，红色的墙壁，以及那上窄下宽的独特的窗子，还有那飘动的五色经幡，简直不敢相信这就是布达拉宫。

我随着人流踏进布达拉宫大门，弯曲的石路，七八厘米高的巨大石块，一步一步向上攀爬，内心充满神往，已顾不上步履的艰辛，烈日的曝晒。

人流鱼贯而行，除了导游的声音夹杂其中外，游人大部分是屏住了气息，唯恐自己的声响惊扰了这里的每一尊神圣。

酥油灯执着地亮着。每一尊神像面前的小玻璃框子里，都塞满了钱，这是游客对神敬仰的表达方式之一。

朝圣子民的虔诚，真让人感动。他们面向布达拉宫，脱下鞋子，用一条布带把两条裤腿绑住，然后面向前方，嘴里念念有词，不知说些什么，也许就是诵经。双手合十举过头顶，再下到额下，再到胸口，双膝跪下，手成弯曲状向前爬去，全身扑在地上，双手合拢在头顶的前方，然后再爬起来，站定。以此重复，毫不间断。他们目光专注，旁若无人，似乎只有神在聆听他们的虔诚的祷告。

当我站在大昭寺门口前看到那些膜拜的民众的时候，我的眼泪竟然不知不觉流了下来。

只见这些祈福的民众，衣衫真的非常破旧，有的袜子打了洞，有的衣服是那样的脏乱不堪。但是，他们并不顾忌这些，在他们的心中，只有对神的敬仰。跪拜，跪拜，长身跪拜，不停歇地长身跪拜，口诵经文，神情是那样专注……

八廓街走了几趟，除了街道两旁排列整齐却又很拥挤的摊位以外，让我更加敬仰的是那转经的人。

转经的人流按顺时针方向移动。当地的藏民，一手摇着转经轮，一手拿着佛珠链子，一步一步地，他们的身体向前倾，走路的脚步总是感觉像是踩在坑洼不平的地上，一脚高一脚低的，就这样向前晃着走。藏民很喜欢穿皮鞋，样式虽然有些陈旧，但是无论男女老少，皮鞋似乎是他们的嗜好。他们很少光顾两边摆满琳琅满目的珠宝玉石、彩带什物，只是执着地往前走。更让人敬佩的是转到街道拐弯处中间有摊位的，他们绝对不会从最近的右边过，而还是要绕过左边，少走一步路都是不行的。

走累了，可以在茶馆坐下来喝一镑或两镑的奶茶。五元，十元什么价位的奶茶都有，总之价位并不高。坐在低矮的铺着毯子的长条椅子上，老板娘给端上一大暖瓶奶茶和几只小碗。奶茶汩汩地倒出来，一股清香扑鼻而来。喝一口，热热的，甜甜的，从嘴边香到了心里。

坐在这里喝茶的大部分是藏民。看着他们围坐在一起，喝着奶茶，说说笑笑的样子，感觉他们好幸福。他们追求幸福的过程很简单，就是身心合一，来真正敬仰他们心目中的所敬之神。

晚上的拉萨城真的很美丽。八廓街两边的摊位大部分已经收了摊。但是大昭寺门前亮亮的石板上，有着比白天还要多的膜拜人。我发现夜晚膜拜的人群大部分是青年人。他们跪拜匍匐的频率要比老年人迅速很多，让你有些眼花缭乱的感觉。

为什么年轻人不在大白天来膜拜呢？从他们的服饰上来看，藏族服饰装束的很少，他们的思想受着传统和现代文明的交错冲击，骨子里的他们敬慕自己心中的神，但是又被现代文明所熏染，便采取了这样的敬拜时段。又或许，他们白天忙于工作，只有晚上才能来膜拜自己的神灵。

转经路上，我看到一位膜拜者，他是沿着八廓街一步一步膜拜的。高大的个子，年龄六七十岁的样子。身穿红色的藏式服装，他手执转经轮。只见他每走两步，便俯身在地，就这样，一步一步地。他的这种精神感染了众多的转经的人。无论是本地藏民，还是外地游客，都会从口袋里拿出钱送给老人。老人表情并没有什么变化，依然是庄重地双手合十，鞠躬，表示感谢，然后仍是专心地膜拜。我望着他，心中涌起无限的感慨。

布达拉宫广场，我又一次遇到了膜拜的人群。那是广场拉萨河畔，那些朝拜者，脚站在台阶下，双膝跪在台阶上。我很担心他们会不慎落水。这些膜拜的人大部分是妇女。她们遥望着雄伟的布达拉宫，俯身跪拜，五体投地。在她们的心中，是神给予了她们一切。她们的生命是神给予的，只有用自己最朴实、最虔诚的伏的膜拜，才能表述出自己对神灵的概念。

这些人大部分是来自外地信佛之人，从他们旁边那些大大小小的口袋里，盛放着水瓶、衣物、食品，可见这些香客不知从何处遥远的地方而来。也许，他们没有钱走进这座圣殿。但是，神是需要敬的，不需要近前，更无需走进那圣洁的殿堂，那会践踏神灵宝地的。他们只能膜拜，把心中的祝福，多年的期盼，以及对子孙后代的护佑，都融进那一个又一个虔诚的膜拜中。

在拉萨，还学会了两句藏语。有客人来，藏语“加痛”表示请客喝茶；“格乐素”表示请客人吃饭。

拉萨车站的标语，一直浮现在脑海。红色横幅上写着“深入开展以爱国、团结、和谐、发展、文明为主题的核心价值观教育”。其实，这正是中华各族人民的共同心声。

- 2012 年 8 月 -

这年的春雨

2015 年的春天，成了百变的季节，简直“春如四季”。温度在一周之内就会骤升骤降，昨天身穿单衫不觉凉爽，今日晨起便会棉衣加身还觉瑟缩。反复如此，如此善变，也真成了六月的天，孩儿的脸。

这年的春雨，来得早，来得猛，来得潇洒。

这年的春雨，改了往年温柔缱绻的淑女性情，变成了雷厉风行粗犷的女汉子。

这年的春雨，是大方的，她毫不吝啬地向大地播撒着，一场又一场，连绵不绝。这年的春雨，是顽皮的，她忽在人们酣眠中悄然而至，忽在太阳公公的瞌睡中见缝插针。这年的春雨，是狂野的，她竟然在半夜里偷来了闪电，挟来了惊雷，她在黑魆魆的夜空中高傲地大笑。

天蓝了。朵朵白云在天空中优雅地轻歌曼舞，时而媚抛长袖，时而曳裙秀裾，时而蹙眉理鬓，时而漫卷曼舒。与飞鸟为伴，与燕雀为邻，与长风携游。

地润了。树梢青青，花朵妍妍。绿的痕，云的鬓，花香鸟语，喧声笑声歌声，蓬蓬勃勃，这是一个奋发向上的季节，这是一个充满希望的季节。

这年的春雨，冲在了春风前面，她做了先锋。她涵盖了所有雨的内容，做足了各种雨的功课。在这个季节里，她携来了雪花，她毫不掩饰对冬的眷恋。在这个季节里，她邀上了雷电，她是夏的情人。在这个季节里，她哭了，瑟瑟的，冰冰的，秋在她的心里烙下了深深的印记。她还是属于春的，轻轻的，柔柔的，细细的。她终改变不了她的特质，她是那么温润缠绵，她害羞地为自己笼上轻纱。她静静地，静静地，听着自己的心语。

自然而然，就会想到古人对春雨的吟咏；自然而然，也会想到“春雨贵如油”这句话。此句出自宋代释道原的《景德传灯录》，原文是这样说的：“春雨一滴滑如油”，意思是春雨的细腻滑润。而“春雨贵如油”一句，则出自明代大学士解缙的一首打油诗，相传解缙在雨中摔倒，引得路人大笑，他随口吟诵：“春雨贵如油，下得满街流。跌倒解学士，笑死一群牛。”几句玩笑话，不但为自己解了尴尬的境地，还惟妙惟肖地点出春雨的特质，润滑且稀少。

今年是难得一遇的金羊年。俗语说，“牛马年，多种田”，2015年，这年的春雨如此勤奋，如此慷慨，那可是对于大地最好的馈赠呢！

每人都有自己的一份田。希望人们啊，千万不要辜负这年的春雨哦！

- 2015 年 4 月 -

人间奇境——抱犊寨

上山

关于抱犊寨，早有耳闻，只是没有机会亲临。如今，在骄阳似火的夏季，登览抱犊寨，一扫多年的遗憾。若不是亲眼所见，亲身体会，真的很难想象，在广袤的河北大地上，竟有着一处人间仙境。怪不得抱犊寨有着如此多的美誉佳赞，这“天下奇寨”“抱犊福地”之誉，当之无愧。

坐在大巴车上，透过车窗，远远便望见阳光下的那两个秃山，“秃”似乎是太行山脉的统称，岩石裸露，植被稀疏。

路是平坦的，车子稳稳地向前快速地行驶。场子一侧，照样是一字排开的小商贩摊位，各种各样的小吃摊，散发着诱人的香味儿。当游人饥肠辘辘地从山上下来时，会毫不犹豫地坐在凉棚里，任电扇风可劲地吹，喝上几杯冰镇的啤酒或汽水，再来上几盘地方特色菜，吃得有滋有味，内心感觉就是两个字“舒爽”。如果再吃上碗刀削面，就着一盘凉菜，摸着鼓鼓的肚皮，那叫一个“舒服”。

抱犊寨景区令人惊讶之处，无论大字牌匾，还是景区介绍，都用了大篇幅的韩文。一般景区，汉字、英文就蛮可以的了，不知道为什么抱犊寨景区偏偏用了这么多的韩文，即使到了寨子里面的景点，也加缀着韩文。莫非是韩国人到此旅游的较多？为了友邦人士的方便？还是在修建此景点时，韩方投入了大量的资金？这些猜测的理由完全不足以解释这种现象。闪念一过，便很快随从人流继续游玩了。

走进索道驿站，才知晓，出了石家庄市，远远望到的那两座秃山，只是抱犊寨下面的门户，需过了这两座秃山，再翻过莲花山，一直向上，到达寨顶，才是真正的抱犊寨。

滑车是封闭式的，可以乘坐 15 个人。滑车缓缓前行，向下望，并无恐惧之感。滑车滑进莲花山，不再向前，而是轻轻摇晃，就像婴儿的摇篮。原来滑车要在这里停留一二分钟，再缓缓前行。接下来的这一段路，可是让人提了心，吊了胆。滑车几乎是直直地向上，速度很慢。似乎它每向前行进一米，都要付出好大的力气，随时有挣断油丝绳的可能。实际上，游人的感觉更是惊恐万分，透过窗玻璃，看到自己在向着一座高高的悬崖峭壁进军，这滑车有撞山壁的趋势。下面便是万丈深渊，此时的山谷里有了密密的植被，但是还会被白亮的如刀削般的崖壁衬托着，也并不显出峡谷的温暖，落下去肯定会粉身碎骨的。从滑车里看这山，山是斜斜的，每一层的岩石都倒在后面的岩石上。

滑车终于在山顶安全着陆。滑车顺着滑道稳稳地停了下来。工作人员打开滑车门的一瞬间，脚走出滑车踏上岩石的那一刻，提着的心放了下来，口中吁出一口长气。回头再望上来的路，惊喜地慨叹：这索道钱没有白花。如果自己徒步上山，不知道是否能够上得来哦，这山太险峻了。

我心情平复了一下，不禁想起抱犊寨的由来。据说，当地村民为了能在山上播种庄稼，就抱了一个牛犊到山顶，把牛犊养大。这个牛犊就耕种着山上这片肥沃的土地。繁衍生息，渐渐就有了抱犊寨这个村落。不管是传说还是事实，当你俯瞰山间那羊肠小道时，就知道上山是多么不易。而勤劳的山民，是舍不得山上那片肥沃的土地的，所以便想出了抱牛犊上山的主意。

天下第一门——南天门

沿着固定的通道走出来，转到后院，这才是真正的抱犊寨。沿着石阶向前向右攀登，一座大大的山门出现，这就是抱犊寨的必经之路也是隘口——南天门。抱犊寨的南天门，被称为“天下第一门”，由三个门楼联合组成，飞檐走壁，在阳光的照射下熠熠生辉。

传说，汉将韩信率领三万将士讨伐赵国。想屯兵抱犊寨，可是登上寨顶后，怎么也找不到进寨的门口，真是进山无路、入寨无门。正在束手无策之时，忽然，天空一道白光闪过。一白发老者出现在众将士面前。只见老者宝剑一挥。眼前便出现了一座天门。原来，是玉皇大帝被正义之师所感动，特派山神来为将士们引路的。进入南天门，众将眼前豁然开朗，只见寨顶犹如平地，庙宇殿堂错落有致，天池里荷花倒影，波光粼粼。望远方，群山苍翠，郁郁葱葱，周围的群山像一条条巨龙舞动，正在翻山越岭，腾飞向前……

我不知道该如何去描绘南天门，总觉得它就像皇宫或庙宇里的建筑，辉煌有气势。宽大的石阶，层层向上，也有宫殿的雄伟。三个门都是拱形的，中间大，两边小，紧紧相连。近观南天门，玉石做拱，金龙腾绕。四根大大的红色圆柱，支撑着南天门，气魄宏伟。中间的两根圆柱又被用灰蓝色石料包裹，上书："遥瞰白云漫舞青峰招手才知已处圣地，近瞧金雀轻歌玉兔蹈足方悟更居苍天。"，只见拱门之上，横写"天下奇寨"，上面一个竖匾，三个金黄大字"南天门"。山门上的黄色琉璃瓦，向山翘起的檐角，做工精致的插飞，给人一种威严，一种神圣，同时又有着一种亲切。

点将台

顺南天门右侧，沿着通道，进到了山门的后面。向前，一块宽阔地，上面卧一石，上书"抱犊寨"。右拐，一亭，一舍，两边分列十八般兵器。这些我都不懂，对于兵器的认知只是停留在过去评书中讲述的。

史料记载，西汉初年，汉将韩信于山西取代、魏之地后，东下井陉代赵。在土门关前，背水列阵，通过萆山设伏、诱敌深入等奇策，一举取得成功，创造了著名的以少胜多的战例，为汉王朝的建立奠定了基础。至今这里仍流传着师患无水、射鹿得泉的故事，而鹿泉也至今长流不息。所以，韩信祠设在这里是当之无愧的。

韩信祠坐东朝西。走进祠内，三面水漆壁画生动地描述了韩信背水列阵、萆山设伏、射鹿得泉的故事。祠后是山崖，祠前为点将台——台子两边的兵器，在阳光的照射下，发出耀眼的光。现如今看不到将军当年的风采了，而依山而建的城墙，却仍可再现当时地势的险要。

惊叹天门洞

出韩信祠，右行，便是建立在悬崖峭壁之上的城墙。沿着城墙一路前行，总感觉自己在云雾中一样，又觉下面是海。

恍惚间，只见前方有“天门洞”字样，也有游人坐在“天门洞”指示图标旁的凉亭里小憩。顺着指示图标，山路蜿蜒而下，一处拐角处，左首石壁凿进的山洞里，南极老寿星手捧灵芝端坐其中，前面自然有香案，只是没有缭绕的香火，也不见鹿、鹤、仙桃，莫非他们也贪恋抱犊寨景致，不肯独守一处，到他地游玩去了？

来不及多想，便被老寿星所在的洞穴下面的直直的山道惊骇了。这山道一直向下，左拐右拐，每三五石阶就有一个小小平台。因坡度陡直，每级台阶足有尺许高，所以，每登攀一个台阶，或者下一个台阶，都是需要力量的，更需加了小心。两边是手腕粗细的钢管作为扶手。幸亏设计人文合理，三五级停歇一下，扭转方向，这样攀爬与下降都不至于给人过多的恐惧。

半途中，便见到了一尊硕大的佛像，雕刻在洞右侧的那面山壁上。下到洞底，真是别有一番洞天。洞分成内外两部分，洞外就像一个宽敞的大厅，如果在这里三二百人开会，是绝没有拥挤感的。站在洞底向上观望，只看到洞口大小蓝蓝的天，一座天然石桥，正好做了洞顶的门楣。靠近石洞的左前方，竟然长出一棵榆树，枝繁叶茂的，它怎样吸收水分呢？真是个奇迹。也许这就是天之造物吧，给这石洞增添了一些人间的气息。

听到麻雀的叫声，循声望去，在石壁之上有不多的小小的石坑，麻雀就是住在那里的。又看到了蝙蝠粪便，原来这里白天与夜晚都有鸟儿在活动，这里也不失热闹。向内洞的石壁上，三面都刻有精致雕饰佛像。用手摸摸，好像是后人做的雕饰。

走进洞内，凉风习习。先有一长卧石，上面雕刻飞龙。沿着两边甬道前行，便有三尊菩萨，都以女人像出现。这里的庄严与肃穆，让人不由得就凝心屏气。细看石壁，约 6 至 10 米不等的地方，共有 20 多处石文和壁佛，清晰可见。据专家考证，最早的是北魏时期所留，隋唐明清历代都有。这些石文措辞得当、言简意赅，刻字笔锋苍劲有力，或正楷魏体，或行草隶书，皆各一体，读来朗朗上口。壁佛精雕细刻，神态各异，惟妙惟肖，栩栩如生，无不使你慨叹先辈之文学造诣和精湛的石雕艺术。

出洞，竟有获得新生的感觉。站在洞口向外瞭望，山石、树木、村庄、河流、小路，如画般美丽。传说，山神开南天门引韩信屯兵山寨，还在这里指石为灶。韩信命将士将一大锅支在灶上，众兵拾柴，熊熊火焰冲天而上，不久，饭菜即熟，将士们欢快而食，消除了一路行军的饥饿，韩信也没有了后顾之忧。

据工作人员说，这洞底到洞口垂直距离是 20 米，要登 100 级石阶，转 14 道弯。于是，便用了心向上攀爬，用心数着拐弯处。两个青年人拦住了去路，询问下面是何光景，于是倾心介绍，两个青年人满心而去。看着他们轻盈的步伐，不禁感慨还是年轻好啊！就这样感慨着，攀爬着，竟忘记了刚才的任务，多少级石阶？多少道弯？可不想再次下到洞底，没有力气哦！到了老寿星前面，拜上几拜。见石凹处，有许多的柴棍，不解其意。有经验的老师介绍说，这是游人祈福的标志，竖起这柴棍，表示自己今后不会再有腰腿疼病。原来如此，自己不是有腰病吗？就树上一根吧。顺势拿起一根斜躺着的，竖起来。老师又笑了，说这样不行，这是别人放下的，需自己从外面拿来竖上。本也不太相信这些，既然这样，就权当为了前面那个许愿人做了件好事吧。

沿着来路回，在洞中见到的那个门楣还就是天然的拱桥，我们正是踏了这桥过来。不敢向下张望，腿肚子发软。来到凉亭，自然很想坐下来。早有那小伙儿热情地打着招呼，问需要喝点什么吗？于是一大碗绿豆汤缓缓下肚，好爽。

与小伙子攀谈，从他的口中得知，现在山上还有 200 多亩地。但是人们都搬到了山下居住，山上没有常住人口。问他这些日常用品怎么运上山来的，小伙子笑笑，说：“背上来的呗！”想想坐索道上山时，自有那山民借助索道上山，可能也需缴纳一部分的上山费用吧？现在都是在搞个人经营，山民的那张脸可能就是通票，但是关系需要搞好的，尤其是这做买卖，更不能自己赚钱沾别人的光。

这个地方的确好极了。空气清新，没有污染。山风都是凉爽的。在这里住着，虽然与外界缺少了联系。但是一直生活在喧嚣城市里的人们，何尝不向往这样一处人间仙境呢？

天上人间

沿着城墙向前走，忽见两只黑鸟从空中掠过，向西北方向飞去。以为是乌鸦，但叫声却不是。有老师说，这是八哥。在抱犊寨上，竟遇八哥，便有了人情味，也有了炊烟的味道。果然，传说中的牛郎织女家就在附近。“牛郎织女家”在哪里，这个问题一直存在争论，且至今尚无定论。且先参观了再说。

“牛郎织女家”是一座典型的农家建筑。它有正房、东西厢房共十多间。大门东侧是一口古井，上有打水用的辘轳、木桶。当年，牛郎和织女就是用这口井的水做饭、洗衣、浇田的。东厢房陈列着织女用的纺车、织布机。那时，织女就是在这里点着昏暗的棉油灯度过了不知多少个日日夜夜。这里还有织女做饭用的锅灶、风箱等物品。大门西侧是养猪积肥的猪圈。西厢房是二小的牛棚，这里有一头铜铸的牛，这便是牛郎和织女的“媒人”——金牛星的化身。大家只要摸摸牛角，牵牵牛鼻子，便长命百岁；男青年便找到一位像织女一样美丽、贤惠、能干的妻子；妙龄女子便找到一位像牛郎一样勤劳朴实、忠诚善良的如意郎君；夫妻便白头偕老，永远相敬如宾。

不管怎样，这是过去人们对于美好生活的向往。进正厅，有织女与牛郎拜堂成亲的塑像。一副楹联写得好，“守千年其未悔，隔万里独相知”，这牛郎织女，历尽尘世几千年，还钟情一片，难得，难得。每年七月七的鹊桥相会，诉不尽的衷肠，道不尽的思念，打麦场、辘辘、碌碡、织布机，这一件件都有劳动的汗水，都有劳动的快乐。夫妇对坐，娇儿绕膝，这是多么温馨甜美的画面。王母却无情地拆散了他们，让他们变成了一对苦命的鸳鸯。日日相思，夜夜难眠，只盼那七月七，多情的鹊儿搭起彩桥，一家四口才会相聚。如果七月七这天老天下雨的话，那是织女的泪，是牛郎的叹息。

一池碧波，当年牛郎织女相会的地方。如今，荷花开得正艳。厚厚的、融融的、大大的荷叶，努力地向上伸展着，荷花箭直指云天。也有落了花瓣的荷花，莲蓬已经见了雏形。也有那丰满了的莲蓬，稳稳地，谦谦地，等待人们的采摘。想那牛郎，去到池中为娇儿摘下几支莲蓬，孩子用手剥开，把带着鲜味的籽粒填进嘴里，露出没有牙齿的笑。而坐在一旁怀抱女娃的织女，露出恬静的笑，脸儿红红的，如盛开的粉荷那样娇美。

这里的树种类很多，有垂柳、绿竹、梧桐、青松，还有海棠、山桃、黄金等，地上鲜花遍地，芬芳争艳，招惹来嗡嗡的蜜蜂，蓝色、红色、紫灰色的蜻蜓。弯弯的拱桥下，流动着潺潺的溪水，溪水里有或大或小的鱼儿，在青草丛，在绿荷下，欢快地穿梭，游动。这样的景致，这样的空间，这种触手可及的亲切，在这里，随时都可以迸射出激情与热情，谁都会留恋，谁都会有着长住于此的心念。

心归宁静

抱犊寨金阙宫位于寨顶北部，与北门相毗邻，创建年代已不可考。所存碑刻为清顺治年间重建碑记。由于留下来的建筑已破陋不堪，故此次开发旅游，对金阙宫进行了弃旧重修。重修后的金阙宫富丽堂皇。规模气派今非昔比。正中为玉皇殿，金顶红墙，黄色琉璃瓦铺就的殿顶上镶有“天下太平”四个大字，在阳光下熠熠生辉。左右分别有二圣堂、元辰殿、财神殿、三宫殿、三清殿和月老殿。

上山之前，就听说抱犊寨上有个“五百罗汉堂”，出金阙宫，过千龙壁，就进入了座佛教建筑，地上为弥勒殿，地下为罗汉堂。金光耀眼的弥勒佛向游人敞怀大笑，令人忍俊不禁。那一幅“愁愁愁愁愁愁愁愁名愁利瞧你愁得肌消骨瘦，乐乐乐乐乐乐乐乐色乐空瞧我乐成肚大肠肥”的对联更耐人寻味。而罗汉堂内，五百尊罗汉神态各异，栩栩如生，井然有序地列于殿中。抱犊寨地下的这五百罗汉，全部是石雕造像，通过精心雕磨彩绘而成，堪称一绝。

抱犊寨山上一直是我国传统佛道宗教文化相容、共存，互为消长的地方。抱犊山上原建有“南庙”和“北庙”，“南庙”是佛教活动的地方，“北庙”即“金阙宫”，是道教进行法事活动的场所。早在唐代，李吉甫《元和郡县图志》就记载：“抱犊者，古有其名也，即道家谓之‘北岳佐命’是也，《名山记》以为福地之数。云可避兵水也。”明末张奇逢《题萆山胜概》诗中有“瑶池硕果余盘盏，鹫岭玄机遍陇畴”之句，从中可以看出道教衰落而佛教昌隆的情况。从现存的石窟造像、陀罗尼经幢等文物来看，历经唐宋元明时期，佛教活动在抱犊寨长盛不衰，清代以后则道教又盛。佛道两家和睦共处，互尊互敬，互通教义，两家弟子情义颇深，构成了抱犊寨宗教文化的一大特色。这也是我第一次见到佛与道同在的一座山，并且两个庙宇宫殿就相挨得如此近。

抱犊寨有许多洞，如仙人洞、蛟龙洞、天门洞、十八池、白云洞等。由南天门沿着弯弯曲曲的石径，就可以走到蛟龙洞。这里除了有蛟龙盘卧、石龟、石虎等自然形成的景观外，还有唐、宋时期的佛教摩崖造像数百龛。各洞穴都与神仙故事联在一起。仙人洞是八仙中的吕洞宾下棋的地方，十八池则是谷半仙师徒斗懒龙的地方。有趣的是，所有神话传说中的人都姓谷，都是山下谷家峪村的人。

顺着山势，顺着“仙人指路”，想光顾一下仙人洞。据说，仙人洞属喀斯特溶洞，位于抱犊寨之西，悬崖峭壁之间，其险无比。原只能攀岩上石穴入洞拱腰而进，中间的洞穴最多容纳 4 人。洞中原有吕祖石像，今已无，洞壁内有最早的北魏摩崖石刻，这些摩崖石刻系佛教人物，栩栩如生，距今已有八百到一千年的历史了。

两个小男孩跟随爸爸先我们一步进到了仙人洞，称里面太黑，连个电灯都没有，什么也看不见。见山石较陡，又临近中午，于是不愿在洞中探幽，止步。

“鹿泉”的由来

白鹿泉，通常称为“鹿泉”，位于鹿泉市现已撤市划为石家庄下辖区城西 5 千米白鹿泉村的长寿山下，系燕赵名泉之一。一泓澄澈，泡突石板，涓涓细流，千年不竭。公元前 204 年，汉将韩信攻取代、魏之地后，又率大军东下井陉伐赵。遭遇水荒，危在旦夕。派出得力将士外出寻找，但都无功而返。次日，韩信又派一员胡姓大将前去找水，但一直等到深夜，也不见胡将军返回缴令。正当韩信朦胧欲睡之时，忽闻帐外有人高呼“元帅，找到水了！有水了！”韩信一个激灵，快步走出帐外，却人影全无，只见一头白鹿正在夜色中奔跑。韩信急忙上马追赶。一直追到天色傍明，见白鹿停在一座山下，正用一只蹄子刨地。韩信抽箭射去，白鹿倏地不见了，只见在鹿跑之处，涌出一股清泉。韩信看到甘泉，大喜过望，急忙寻路返回。走至中途，发现胡将已经在一棵柏树上自缢而亡。汉军得此甘泉，转危为安，士气大振，终于取得了破赵之战的胜利，为汉王朝的建立奠定了坚实的基础。这眼清泉，便是流淌至今的白鹿泉。而胡姓将军自缢之处，即是今天的胡申铺村。胡将军自缢的古柏，至今依然生机蓬勃地参天耸立着。

关于鹿泉来历的这则传说，已像白鹿泉水一样流淌了千百年，加上该泉处于“三省通衢”的大道旁边，历代过往文人墨客的题咏更进一步丰富了其文化内涵。隋朝开皇二年始置鹿泉县，便是因泉命名。1994 年撤县建市，重又恢复鹿泉旧名。此泉之文化意义，由此可见一斑。

白鹿泉泉口用条石砌为八角形，其直径 1 米，深约 3 米。一勺碧水在阳光照耀下光斑熠熠，势如千珠飞舞，声似琴韵淙淙。由于泉水的滋养，四围景色秀美异常。直到 20 世纪 80 年代，这里仍是杨柳依依，青山绿水，一派旖旎景象。石家庄市工人疗养院就曾选址在这里。

关于白鹿泉的成因，地质学家认为：这里原是海洋，沉积了巨厚的石灰岩。由于地壳运动导致石灰岩层发生褶皱和断裂，并抬升成山，白鹿泉一带就成为一片山间小盆地。四周山上的雨水常年沿着岩石间的裂隙下渗，溶蚀岩层，在岩层中形成许多隐藏的透水缝隙。这些水沿着缝隙汇到小盆地底部，从裂隙处涌到地面，便形成了白鹿泉。特殊的地质构造使得白鹿泉富含锶、钠、钙等对人体有益的矿物质，因而泉水特别甘洌甜美。用此泉水酿出的酒更是味道独特，回味绵长。

如今，但见将军马山弯弓，前面竟飞出两只可爱的小鹿，鹿途径之处，有汩汩泉水涌出，这也是一个非常奇妙的设计哦！

天堂街上的农家小院

已到中午，恰迈入天堂街。街道好短，两边塔松相衬。街道两边是红色的古色古香的建筑，但是都关着门，并不见行人。正恍惚间，有一个三十多岁的妇女，向我们热情地打着招呼。顺着她的手势，方见一院落。

步入庭院，好一个农家院落。院子被绿树环绕，右侧菜园种着莜麦、生菜，非常鲜嫩。左边是黄瓜，显然是已经快要落架，叶子有些黄，黄瓜也是大而粗。还有西红柿、豆角，都是家常菜。用来招待客人的自然也是家常菜。这时候，也无需大鱼大肉，倒更希望吃上一碗手擀面，就着一盘凉凉的家乡菜，或者来盘土鸡蛋，再喝上杯冰镇的啤酒，那才叫一个“爽”呢。

惬意地吃过一顿农家饭，摸着鼓鼓的肚皮，离开娴静的农家院。主人介绍说，出天堂街，如果向右，还有一个景点可看；如果向左，就到了索道，就可以坐滑车下山了。既然来到寨子，自然不想放过每一个景点，哪怕这是七月的天气，正是中午。

听说有一个天井，就在不远处。于是寻访天井，成了午饭后的最后一站地。听着哗哗的流水声，以为有天井，必定有泉水，于是便顺着山道一直向下。漫山的皂角树，枝枝杈杈，伸向路边，本身就一米来宽的石板路，左右早已被这皂角树枝相互遮住。皂角树，可是带着刺的，所以行走需加小心，东躲西闪的。下到一半，仍不见什么天井，只是这一直弯曲向下的山石路。再回头望山顶，已经走出了这么多。如果再回去，可是要攀爬的哟。既然走到了一半，哪有不走下去的道理?

前面出现了一个亭子，便奔那亭子而去。因为路窄，伞是不能打的。而这皂角树，又不是很茂密，中午的阳光火辣辣地照射下来，烤得胳膊红红的，痒痒的。总算来到凉亭，大口地喘着气。在这里可以迎着风休息会儿。索道高高在上，而我们处在了半山腰。如果有小路可以下山的话，宁可一直走下去，也不愿再爬回山顶坐滑车下山了。无奈，四处搜寻，并不见有什么羊肠小路，于是喝完最后一瓶水，返回。

并不是按照原路返回的。在亭子上，看到了栈桥，还看到了音乐树。这就像一个指示标。于是，按照原路往回走了一段，靠右边就有了岔路，那是通往栈道的路，一直向前向上。终于看到了栈道，没想到，天井就在这里。大家惊呼起来!

真是天井啊! 直径足有 20 多米，上下垂直也有 30 多米，谷底、石壁长满了郁郁葱葱的树，直直向上伸展。靠近石壁，一个巨大的洞，幽幽的，直通山崖。究竟这洞有多深，谁也无法去探。站在栈道上，看着脚下的深洞，这个大自然的天坑，让人心里发慌，腿发软。谁又敢趋前去探究竟?

狭窄崎岖的山路，荆棘遍地的山坡，即使小小的植被，也是皂角树。仙人就是仙人，在这里无人能够打扰他们的清幽，在这里更能得道升仙。

一路攀爬，终于登至顶峰，音乐树传出优美的乐声。原来哗哗的流水声，是一池喷涌的水柱。坐在长廊里休息，别有一番感慨。

- 2014 年 7 月 -

立春杂谈

立春是二十四节气中的第一个节气。立春节气一般是从2月4日或5日开始，2009年的立春时间为2月4日夜后子时零点52分，接近2月5日。

自秦代以来，我国就一直以立春作为春季的开始。立春是从天文上来划分的。而在自然界、在人们的心目中，春是温暖，鸟语花香；春是生长，耕耘播种。在气候学中，春季是指候（5天为一候）平均气温10℃至22℃的时段。而在易学中则标志着新的一年真正开始了，万物阴阳开始复苏。

从立春开始，万物始生，“生”为立春时节的要点。

时至立春，人们明显地感觉到白昼长了，太阳暖了。气温、日照、降雨，这时常处于一年中的转折点，趋于上升或增多。春作物长势加快，油菜抽薹和小麦拔节时耗水量增加，应该及时浇灌追肥，促进生长。农谚提醒人们“立春雨水到，早起晚睡觉”，春忙开始了。虽然立了春，但是北方大部分地区仍是“白雪却嫌春色晚，故穿庭树作飞花”的景象。这些气候特点，在安排农业生产时都是应该考虑到的。

俗语有云：“春捂秋冻”。“春捂”是顺应春天阳气升发的养生需要，也是一种预防疾病的自我保健良法。

生活起居要做到适当的晚睡早起，加强肌体锻炼。适当调理饮食。要考虑春季阳气初生，宜食辛甘发散之品，不宜食酸收之味。肝主春。在五脏与五味的关系中，酸味入肝，具收敛之性，不利于阳气的生发和肝气的疏泄，选择一些柔肝养肝、疏肝理气的草药和食品，如枸杞、丹参、元胡、大枣、豆豉、葱、香菜、花生等灵活地进行配方选膳。

立春作为中国农历的第一个节气，又有好多的习俗。习惯上把立春又称为“打春”“咬春”。“吃春饼、春卷”“打春牛”“抬春色”是从古至今的地方特有的民俗。

唐《四时宝镜》记载：“立春，食芦、春饼、生菜，号‘菜盘’。”可见唐代人已经开始试春盘、吃春饼了。

立春这天，民俗信仰祭祀芒神，即勾芒，它是东方之神、春天之神、草木之神，象征着春天的到来和万物的滋长。这种祭祀行为的目的，是为了祈求农业的丰收。

我国自古为农业国，春种秋收，关键在春。民谚有“一年之计在于春”的说法。旧俗立春，既是一个古老的节气，也是一个重大的节日。天子要在立春日，亲率诸侯、大夫迎春于东郊，行布德施惠之令。《事物纪原》记载：“周公始制立春土牛，盖出土牛以示农耕早晚。”后世历代封建统治者这一天都要举行鞭春之礼，意在鼓励农耕，发展生产。

立春日，村里推选一位老者，用鞭子象征性地打春牛三下，意味着一年农事的开始。然后众村民将泥牛打烂，分土而回，洒在各自的农田。山西民间流行着春字歌：“春日春风动，春江春水流。春人饮春酒，春官鞭春牛。”讲的就是打春牛的盛况。吕梁地区盛行用春牛土在门上写“宜春”二字。晋东南地区习惯用春牛土涂耕牛角，传说可以避免牛瘟。晋南地区讲究用春牛土涂灶，据说可以祛蚍蜉。

据《粤游小志》载，清朝时，潮汕地区还有一种称为“抬春色”的活动。在立春日的游行队伍中，必有装饰过的台阁，上坐歌妓，由两个人抬着走。嘉应梅州地区还有高春、矮春的分别：矮春为一人坐台上；高春则用两人，一人立在台上，然后扎着一根直木，隐藏在那个人的长衣中，与这人的肩平齐。然后再横扎一根木棍在直木上端，这横木隐藏在宽袖中，横木上再站一个人。为保险起见，将两脚牢牢扎在横木上，两个人装扮成某个故事中的人物。另有一个人持缠着布条的长棍子叉支在上面的那个人腋下，随着迎春队伍游行。如路上遇到障碍，则由持长棍子的人用棍子拨开障碍物。

古人感春怀春，写出了不少有关立春的美妙诗句。

立春后五日

（唐）白居易

立春后五日，春态纷婀娜。白日斜渐长，碧云低欲堕。

残冰坼玉片，新萼排红颜。遇物尽欣欣，爱春非独我。

迎芳后园立，就暖前檐坐。还有惆怅心，欲别红炉火。

立春日

（南宋）陆游

江花江水每年同，春日春盘放手空。天地无私生万物，山林有处著衰翁。牛趋死地身无罪，梅发京华信不通。数片飞飞犹腊雪，村邻相唤贺年丰。

汉宫春·立春

（南宋）辛弃疾

春已归来，看美人头上，袅袅春幡。无端风雨，未肯收尽余寒。年是时燕子，料今宵梦到西园，浑未办黄柑荐酒，更传青韭堆盘。

却笑东风从此，便熏梅染柳，更没些闲，闲时又来镜里，转变朱颜。清愁不断，问何人会解连环？生怕见花开花落，朝来塞雁先还。

是啊，至此立春之时，谁都不免有那么多的感怀。我只想说：“春来春去，年年有春。只想明春看今春之时，会有几分收获，不虚度而已。”

- 2009 年 2 月 -

打囤的日子

按照衡水这一带的习俗，农历正月二十五是打囤的日子。每年的这一天早晨，便早早有人起来，用簸箕盛装了灶灰，在院子里，一手揽着簸箕，一手拿着木棍敲击簸箕底，一边敲击，一边转圈，簸箕里的灶灰便会均匀地撒在地上，成一个圆形，在中间同样用灶灰画出十字，十字中间放上小麦、玉米、谷类等粮食，这就叫打囤。过去，人们盛放粮食都是用囤。据说，正月二十五这天，打囤的大小和多少与当年收成有关。打的囤越多越大，收成越好。所以人们尽量把囤打大些，打多些。希望这一年会有一个令人满意的收成。还有，正月二十五这天的天气与当年收获季节时的天气也是有关的。农村收获作物无非是夏与秋。秋季天气一般秋高气爽，人们最担心的是麦收天气，有“夏季收麦，龙王爷嘴里硬拽”之说。人们经过多年的观察积累经验，发现正月二十五这天的天气状况与当年的麦收天气状况非常吻合。打囤这天天气如果晴好，那么当年麦收时天气也会晴好，农民就会有个好收成；反之，那就真得从“龙王爷”嘴里夺粮食了。人们除了打粮食囤以外，还会在房间堂屋里打一个长方的钱囤，意欲今年财源滚滚。

囤打完，鞭炮要响起来。燃放鞭炮也是有说道的，有这样一句谚语：“谁家里的先放鞭，谁家的高粱先红尖。”也就是说，谁家的鞭炮响得早，谁家的收成就好。这是有道理的，过去的粮食成长速度慢，早成熟的，自然就是长得好的。所以，大家在正月二十五打囤的这个好日子里，都希望自己当年有个好收成。

从我记事起，我们几家人是住在一起的，几个院子相通。每年的正月二十五早晨，大家就被各自的娘早早叫起来。大人们自然忙活他们的，我们小孩子们就是看着白发的奶奶，躬着腰，在院子里打囤。奶奶做得很认真，木棍敲击簸箕的声音很轻很脆，也很有节奏，簸箕中的灶灰撒得非常均匀。大娘负责把粮食递到奶奶手里，被奶奶很认真地放到囤中间的十字上。然后再在粮食上面压一块蓝方砖。太阳升起的时候，拿掉粮食上面的砖，鸡窝被打开，那群鸡便一窝蜂冲过去，拼命地啄食。粮食被鸡吃完后，大爷便把院子打扫干净。这打过囤的灶灰可是宝，一定要上到自家的地里去。我们小孩子关心的是堂屋里的钱囤。外面扫灶灰的同时，大娘也在扫堂屋里的灶灰。我们几个小孩子，则是满心欢喜地从奶奶手里接过那一毛或两毛的毛票。别小看这毛票，在我们当时，可是一年中的一笔很难得的收入呢！

有一年，早上飞着雪，地上也积了一层厚厚的雪。奶奶好高兴，说是好兆头。父亲与叔叔伯伯们很快就把院子打扫干净了，早有几个大娘为奶奶准备好了灶灰，奶奶像往年一样认真地打着囤。雪下得很急，一会儿就把奶奶撒的灶灰覆盖了起来。奶奶说，囤被雪覆盖是好兆头，今年会有意想不到的收成。我们小孩子听说了，于是便从外面捧来积雪，在囤里撒，弄得满地狼藉。这下奶奶可急了，骂道："小兔羔子们，好事全让你们搅了。"奶奶用手指着大人们，气得摇着头说："以后你们就收兔羔子吧！"兔羔子，在我们当地指男孩子。没想到，奶奶这句貌似生气的话，却真的应验了。接下来，我们这个家族往下生的孩子，就没有一个女孩，都是奶奶嘴里的兔羔子。

在我十多岁后，我们大家族才分开单过。每年正月二十五的早晨，便会听到母亲在院子里"梆梆梆"地木棍敲击簸箕声。每年都希望有个好收成，但是日子并不如人心愿，随着父亲的患病，日子一天天不好过起来。日子难过，但每年的囤母亲照打不误。

时代跨入80年代，土地承包到了个人，我们家的日子一天天红火起来。每年正月二十五，院子里木棍敲击簸箕的声音更响，更有节奏。母亲的背弯曲着，犹如当年的奶奶，只是母亲的头发是黑黑的。母亲站直了身子，脸上的表情与奶奶是一样的，笑笑的，满脸的自信。

随着时代变迁，随着生活条件的改善，囤，似乎不再以灶灰的形式出现了，人们早已用其他的祈福方式替代了打囤。但是，正月二十五，打囤的日子，这个习俗已经代代相传，在人们的心里已经根深蒂固。同时，早晨燃放鞭炮，也是与正月十五闹元宵一样，有着同样的习俗意义。

无论是风俗，还是习惯；不管是过去，还是现在；只要是美好的东西，都会潜移默化，都会绵亘延长。

- 2015 年 3 月 -

“鬼节”札记

农历的七月十五，是“鬼节”。

关于鬼节的由来，我还是引用一些文献资料来说吧，相传，每年从七月一日起阎王就下令大开地狱之门，让那些终年受苦受难禁锢在地狱的冤魂厉鬼走出地狱，获得短期的游荡，享受人间血食，所以人们称七月为鬼月，这个月人们认为是不吉的月份，既不嫁娶，也不搬家。

我国传统上的鬼节分为三个日子，即每年的清明节、农历七月十五（鬼节）、农历十月初一（寒衣节）。各节有各节的不同，虽然都是祭祀亡者，但是祭祀的内容大有区别。清明节即为扫墓。后人要为亡者祭扫陵墓，也就是对亡者的住所进行修缮。七月十五，是鬼魂赶会的日子，后人要送上钱物，让亡者尽情地去享受。十月初一，到了深秋，后人要为亡者添置衣物，故名“寒衣节”。

暂不说亡者在另一个世界里是否真的能如人所想象，可以过节，接受供奉，但是追忆前人，讲究亲情孝道却是我中华民族的传统美德。

每年的这个时候，我也会回到我的老家，去祭奠我逝去的亲人。

这几日，天气总是阴沉沉的，这倒很合时宜。我们村子里的坟墓都聚集在一处，就是临河滩的那块。还在我小的时候，村子里实行平坟，村民们便按照上级的指示，把临近的三代迁到了义地。于是，本身就长满了荒草树木的河滩地，这下子，林立起了大大小小、高高低低的无数的坟茔。加上那墓碑，那松柏，再添上不知名的鸟儿一两声的啼叫，这里的确是个让人恐怖的地方。平素里，大家到这里来的很少，不是自己亲人忌日，很难到这里来。其次，便是这鬼节了，这里也热闹起来。那隐藏在密丛中的曲径，伸向了各家的坟茔，这回可见到那烟雾的缭绕，还可听到人们说话的声音。也只有这个时候，多年没有见到的本是一同长大的小伙伴，这才有机会见上一面。看着已经陌生的面孔，再看着跟随而来的那些小辈人，心中的滋味无以言表，加上这里凝重的气氛，只是也很凝重地互相问候一下，然后就默默地离开了。

这里安睡着我的爷爷、三个伯伯和两个叔叔，还有我的父亲。父亲去世时，我刚好 16 岁，那时我在读高中。只记得把父亲埋在了爷爷的怀抱里，此后，过了 10 多年，才开始每年来祭奠他老人家。今年由于身体的原因，在十五这天才赶到了家乡。哥嫂他们原以为我不会回来了，所以也就没等我，他们已在十三那天来祭奠了。几家都是合祭的，兄弟们很多，孙辈人也很多。各家都准备出丰厚的祭品，然后大家合到一起，来祭祀。前几年，每逢祭祀时，要各家轮流管饭，随着人口的增多，每次祭祀，就像过个大节日一样，要预备张罗好几天。后来大家商量着，各家的客人各家款待，然后一起来祭祀。这样倒也很好，既不太麻烦，又能在一起聊聊，了解一下各自的情况。

我来迟了。但是，我很想到那里去看看我逝去的亲人们。按照习俗，是不能烧二遍纸的，所以，我们只好不带任何祭品到了那里。

望着这一座座坟茔，想着我的那些亲人们。爷爷给我的印象已很不清晰，只记得他是一个爱翘胡子、爱蹦高、爱发脾气的老头。爷爷去世时，我才 4 岁，根本没有什么记忆。我的大伯也是在我 4 岁的时候去世的，可能是晚我爷爷两个月吧。后来只听大人们说，我这个伯伯最孝顺了。他有 7 个儿女，但是他从没让爷爷受过罪。爷爷去世，他也尾随去了，还是做了爷爷的孝子。这可就苦了我的大娘，一个人拉扯着 7 个孩子度日，幸亏伯伯叔叔的帮衬。现在我的大娘已经 88 岁了，身体非常硬朗。她的笑声很大，朗朗的。去世较近的是我的三伯伯，在去年的除夕，他乐呵呵地吃着年夜饭，就去陪爷爷他们了。在这坟茔里，还安睡着我的一个大娘和两个婶婶。我的五婶非常美丽，她和五叔恩恩爱爱，五婶去世后还不到一月，五叔也跟了去。当听到五婶去世的消息后，那时我的孩子还不满月，家人不允许我去祭吊，怕伤了我的身体。我在家里祭吊了我的五婶。五婶和五叔共生了三个孩子，都是男孩，而五婶特喜欢女孩，所以她就拿我当成了宝。五婶经常为我买花衣，扎小辫。我在五婶那里无拘无束，有求必应。五婶身体一直不太好，经常住院。在医院里，她总是不让我做得太多，而是支使我的堂哥去做。她说她只要看到我就开心。可是我的五婶在临终时却没有见到我，我可以想象五婶的那双大眼睛是多么期盼见到我啊。想到这，我的鼻子不禁一酸，眼泪涌了出来。

坟茔的不少地方，仍然冒着一缕缕的青烟。

突然，树林深处传来了一声声的哭声。嫂子说，那是南庄的敏霞在哭。敏霞，小我一岁。她是一个端庄秀丽的姑娘。敏霞的父母就只生了她一个。我与她已有十多年没见面了。可能她也年年来祭祀吧，但是我们终究没有遇到过。这祭祀又不是逛庙，是不适宜到处走的。

听着敏霞一声声的哀哭，我再也按捺不住，便朝那个方向走去。嫂子拦我不住，只好跟随。听不清敏霞在念叨什么，只知道她在哭她的父亲，还听到她说自己没法活了。我在前面紧走着，顾不得伸出的枝杈刮划我的胳膊。

从嫂子那里得知，敏霞的父亲已去世快 10 年了。按照常理，祭奠一下，也本没有再大的悲伤了。原来，敏霞在闹婚变。她的丈夫背弃了她，跟一个女人跑出去同居。敏霞已有个 20 岁的儿子，而丈夫不顾夫妻情分，更不顾教育孩子的责任，居然弃家不归。前些日子，两个人才办理了离婚手续。敏霞太委屈了。她是个本本分分的女人，她爱这个家，爱丈夫。她太善良了，她绝对想不到白手起家的丈夫，在她的勤奋劳作中，刚刚过上比较殷实幸福的日子，会弃她而去。她更没想到，丈夫的心肠是如此得铁硬，公婆的话听不进去，儿子的恳求也无法打动。

只见一个女人跪伏在地上，一声声地哀号。那蓬乱的头发，已掺杂着多半的白发。她的身躯颤颤地，我想她那羸弱的身躯好像很难再让她站起来。这就是敏霞吗？这就是曾经那么美丽俊秀的敏霞吗？我简直不敢相信自己的眼睛。

嫂子已经过去相劝。我紧紧抱住敏霞，眼泪也流了下来。我哭着说：“敏霞，受了委屈的敏霞啊，别哭了，会哭坏身体的！敏霞，过去的事情就不要再去想了，就只当是做了场噩梦吧！”

敏霞的哭声渐渐弱了下来，最后她停止了哭泣。她的脸上满是泪痕。我用手帕来帮她擦拭。嫂子在旁边也劝阻。敏霞长吁出一口气，说："没事了，我哭出来心里就痛快了。你们知道，我母亲身体不太好，我不能在她面前表现出难受来，在孩子面前我更得咬牙挺住。我只能和我父亲说说心里话。"

我点着头。

敏霞接着说："我不会倒下的。我的生活还是我自己做主。三条腿的蛤蟆不好找，两条腿的人有的是。"

我嫂子冒冒失失地问了句："你打算再找一个？"

"为什么不找？离了他，我还找不到一个我中意的人吗？我就不信了。我能养活自己，我还能养活孩子，我会供他读大学的。"

"这就对了，敏霞，你能这样想就对了。自己的命运还是掌握在自己的手里。"我激动地抱着敏霞说。

敏霞站起来，把一些供品随便在坟前扔了些，和我们一同沿着那条蹊径走了出来。看着敏霞的步伐是如此得稳健有力，再想想刚才那个呼天叫地的女人，真是判若两人啊！如果这件事情不出在这个年代，那些敏霞们可能会死守住陈规，甘愿做个怨妇，期待着人们的怜悯。命运就掌握在自己的手中，再也不要有辘轳女人。女人也好，男人也好，都有权做他自己。

走出坟茔，再回头看，那里只有郁郁葱葱。

亡者的天堂也好，生者的世界也好，那份悠悠的亲情，那份涓涓的相思，如这秋雨，柔柔的，细细的，播撒到了每一个角落里，弥漫了整个天空。

- 2009 年 9 月 -

过　年

腊月三十，也就是除夕，正月初一，也就是春节。一个岁尾，一个年初，这两个日子只隔着一个晚上，而这一个晚上，却有着不同的意义。大家忙碌一年，最最盼望的就是能在除夕这天，一家人团聚在一起，吃一顿年夜饭，早晨能够起来一起煮饺子吃。三十晚上，不管是守岁也好，还是不守岁也好，只要在家，就是一家人莫大的期盼。老人盼孩子们绕在膝下，孩子盼父母守在身旁，这就是幸福。荧屏里的欢声笑语，鞭炮的鸣放，大红福字的高高悬挂，无不给节日带来喜庆，带来欢乐。

过年，拜年。恐怕哪个地方都有大年初一拜年的习俗，用不同的方式，表达着对亲人、对朋友的恭贺和祝福。一个电话、一条短信，把自己的那份真挚表达在了字里行间中，浓浓的情谊给节日增添了爱的气氛。

我生在农村，长在农村，很小的时候，就喜欢过正月初一这一天。那个时候，可以穿上一年才能穿到的新衣服，可以随心地拿上自己的糖果，还可以戴上朵漂亮的小花，或者放上几串鞭炮，那是一件多么高兴的事情啊！小孩贪吃，过年的时候可以吃到自己钟情一年半载的肉，香香的，满嘴流着油；可以吃到净面的白面馍；可以吃到平日只有生病时才能吃到的花生、西瓜子，还可以吃到娘做的油炸蜜花。更让人贪心的是可以随着大人到各家拜年，甜甜的一声“爷爷、奶奶、叔叔、婶婶”的，小手里总会被塞上糖果。这糖果可舍不得吃，悄悄放进衣兜里，过完年后，拿出来，数一数，这就是收获啊！可以到小伙伴们面前显摆一番，看谁的成果大。

我们这里的乡俗，正月初一早晨这天的拜年，是真的要跪在地上磕头的。幸好，女孩子是不许的，只有等到出嫁后，做了媳妇，才能在婆家去拜年。二十多年前，我被爱人领着，拜过了婆家的长辈分，这个年啊，就算整个的“承包”下来了，年年如此，岁岁如此。我们这一家族的人不算太多，但是分布在了村子里的各个方位。并且拜年是很讲究的，不但要按辈分，而且还得分远近。你若是看到谁家近就去谁家，反正也是个拜，省却一些路，是绝对不行的。这就是规矩。所以，年年拜年按规矩来，年年拜年按规矩拜，每次拜下来，村子里转一圈又一圈，腰酸腿疼。这还不算，见着长辈或比你大的同辈人都是要拜的，不是拜，是跪。两条腿就得实实在在地跪下去，嘴里还得说着“过年好”的话，虽然人家都说别这样了，来到就可以了，可是谁也希望你跪下去呢，都是佯装拉一下嘛。干脆，你就好好地跪你的。这样一路下来，等把该拜的人家拜完了，膝盖疼得受不了了。幸亏是冬季，衣服穿得厚；幸亏女人拜年样子不必规矩，只要跪下去就可以了。男人拜年就不同了，真正的是双手伏地，头得点到地为止呢。实际上，大家已经习惯了，这是老辈人传下的习俗。

拜年有拜年的实在意义：一是表示小辈人对老辈人的尊重；二是可以活跃一下节日的气氛，大家在嘻嘻哈哈中，你敬我拜的，增进了感情交流；三是可以促进一下明年的希望。拜年的同时，也就看到了他们这一家这一年的变化，这也是向人们展示自己的好时机。所以，人们劳累奋斗一年，总要在年节的时候，添置一些东西，让大家来欣赏赞誉。这一点，恐怕城市里的居民是无法体会得到的。四是可以为那些孤独病残人带来慰藉，带来希望。一个久卧病床的人，当看到这么多人来给他拜年，他会很欣慰的，他会感到大家没有忘记他，他会觉得自己又成功地闯过了一年，他会增强活下去的信心。这拜年的第五个好处呢，是一种关系紧张融化剂。在农村，关系的好坏，平常的磕磕绊绊是有的，只要婚丧嫁娶还来往，或者是过年的时候能够拜上一拜，收获是最大的。常言说，礼多人不怪。趁着过年的喜庆气氛，到家里拜个年，这就是表明我们是一家人，我们过去的一切不愉快都不算什么，都过去了。

拜完生者祭拜亡者。这些都是儿孙们的事情。拜完年后，女人们早已准备出祭拜的供品、鞭炮，一大家族的所有男子汉们（有谁算谁，不分老少，其目的是让亡者知道他的后辈人是多么兴旺），一起到坟头上去，摆上供品，点燃鞭炮。让那些亡去的人，也过上一个安乐年。儿孙过得红红火火，便是对他们最大的孝心，他们可以在地下安息了。

热热闹闹的大年初一就这样过去了。2009 年真的画上了句号。

天增岁月人增寿。一切的希望又在新的一年里。等到明年初一的时候，大家带着一年的心情，带着一年的历程，带着一年的收获，再次相聚，再次过年。

- 2010 年 2 月 -

情满元宵

昨日下起了淅淅沥沥的小雨，这是开春以来的第一场喜雨。干旱了一冬的整个华北地区，适逢春雨，怎不让人异常地欣喜？不禁便想到杜甫的《春夜喜雨》：“好雨知时节，当春乃发生。随风潜入夜，润物细无声。野径云俱黑，江船火独明。晓看红湿处，花重锦官城。”这场春雨肯定会给农民朋友带来莫大的喜悦。由于是在假期，常常是晚睡晚起。

今儿是农历正月十五，睁开眼睛，立刻便被映入窗子的阳光刺痛了眼睛。不会吧，昨夜还在下着的小雨，想不到今天便被这明媚的阳光所取代。伸展一下腰肢，深呼一口气，心里立刻敞亮起来。好灿烂的日子。不仅因为这暖人的阳光，更因为那远近此起彼伏的鞭炮声。

啊，今儿是元宵节。晚上吃元宵，观灯猜谜是自然不能少的，还要在正月十六去上香。虽然我不相信这些，但是母亲婆婆们都要去的，她们老了，走不动了，也只好代她们去祈福了。善良的人总是希望家人幸福美满的。不管怎样，愿望是好的，何不去做呢？

元宵节到底是个怎样的节日呢？于是乎，寻查一番，原来是这样的：

农历正月十五日，是我国传统节日元宵节。正月是农历的元月，古人称夜为“宵”，而十五日又是一年中第一个月圆之夜，所以称正月十五为元宵节。又称为小正月、元夕或灯节，是春节之后的第一个重要节日。

元宵节，又称为“上元节”。上元，含有新的一年第一次月圆之夜的意思。上元节的由来，《岁时杂记》记载说，这是因循道教的陈规。道教曾把一年中的正月十五称为上元节，七月十五为中元节，十月十五为下元节，合称“三元”。

汉末道教的重要派别五斗米道崇奉的神为天官、地官、水官，说天官赐福，地官赦罪，水官解厄，并以三元配三官，说上元天官正月十五日生，中元地官七月十五日生，下元水官十月十五日生。这样，正月十五日就被称为上元节。南宋吴自牧在《梦粱录》中说："正月十五日元夕节，乃上元天官赐福之辰。"说天官赐福，地官赦罪，而元宵节俗真正的动力是因为它处在新的时间点上，人们充分利用这一特殊的时间阶段来表达自己的生活愿望。还有好多有关元宵节的传说，我最欣赏的便是东方朔和元宵的故事。这个故事也许正是延续了人们在元宵这天点花灯、猜灯谜的美好传统仪式。东方朔用这种正月十五晚上家家挂灯，满城点鞭炮、放烟火的方式，瞒过了汉武帝，使困在宫中的元宵姑娘得以与家人团聚。

元宵佳节，谁人不想团聚？谁人不怀有美好的愿望？祈盼家人的平安幸福，也祈盼朋友的安康发达。更有那你情我愿之人，无不在那盏盏花灯之中，在那团团圆圆的元宵中，寄予了莫大的希望，盼望着有情人终成眷属，盼望着那种相惜相爱之情天长地久。所以，每年在上香的队伍之中，不单单是老妪，却有着那么多的中年人，那么多的俊男靓女。不管形式如何，不管结果又是如何，单是那种善良，那种美好的心愿，便已经足够诠释上香许愿过元宵节的真正意义了。

在我们的现实生活中，有那么多感人的事，有那么多可爱之人。冥冥之中注定的那份亲情，那份缘份，只有用那种真心的祝福，那种善良的祈盼，才能足以表达何为亲，何为友的真正情怀。在这月圆之夜，在这张灯结彩之夜，在这人人都有美好祝福之夜，我们的情怀是真的，是高尚的，是宽容的。爱我所爱之人，做我应做之事。用我的一颗善良之心，把我的美好祝愿，送给我所有的有缘之人。

月圆之夜，情满元宵！

- 2009 年 2 月 -

又是一年腊八节

雪儿，终于在人们的千呼万唤中姗姗而来。她，婀娜飘逸，好一个招人爱怜。于是，地面上便有了一层薄薄的白，机动车疾驰而过，那雪儿飞舞着，盘旋着，犹如缕缕丝带，又似缭绕的烟雾儿。

雪儿似乎是应景而来的，飘飘渺渺，太阳露出笑脸的时候，再寻她的踪迹，哪里有半丝的痕？风吹在身上，明显感到寒了许多。后天便是初八，这个腊月里的第一个传统节日。

往年，我总要买上一袋腊八粥米，初七晚上用水泡了，初八一大早便起来熬粥。不曾想，今年竟忘记了，要不是昨晚电视节目的提醒，倒真的误了今年的腊八了。电视提醒了我，我便提醒了老王。老王赶忙去超市购买，但是空手而归。附近的三个超市都断了货，原因有二，一是买的多，二是进的少。两口子相觑而笑，腊八粥不喝倒也罢了，喝啥不是喝呢？

上班，照样是要早起的。没曾想，厨房里的饭，真的是一个特别的香哦！平素，我们家早晨的饭都是老王做的，今天也不例外。没想到的是，老王竟然熬了一锅如此香的粥。香米、豇豆、绿豆、花豆、薏米、小米、大米、红枣、花生等，比往年买的腊八粥食材都要多呢。老王可真是个有心人，这些食材，家里都有，除了桂圆，再也找不出这么全的腊八粥来了。粥，香甜可口，热热乎乎的，吃在嘴里，暖在胃里，幸福在心里。

腊八节由来已久，史料记载从先秦起，腊八节都是用来祭祀祖先和神灵，祈求丰收和吉祥的。优良的中华传统，代代相承，每一个时代又赋予了腊八节不同的美好与希冀。同时，也演绎出很多美丽的故事。

记得小时候，每逢腊八节这天，孩子们早早在家里喝过腊八粥，就跑到大街上去。农村里关于腊八节有这样的谚语：谁家的烟囱先冒烟，谁家的高粱先红脸。高粱是所有农作物的代表，高粱成熟又在秋季，也就是说预示着这一家来年一定是个丰收年。而孩子们早早上街蹦跳，也就证明了这家吃饭最早。

街上孩子们多了，大人们自然也就多起来。互相问候，喝了腊八粥了吗？喝了！幼稚的孩子们有时候还会被大人捉弄一番。大人会问穿开裆裤的小孩子见过腊八牛吗？腊八牛是什么？没经验的孩子自然对这个腊八牛产生了浓厚的兴趣。大人很神秘地告诉孩子，并且让孩子不要告诉任何人，说了就见不到了。天真的孩子自然使劲点头，于是大人便俯身悄声告诉孩子怎么做就会见到腊八牛。只见孩子高兴地向村口放着的大碌碡跑去，使劲爬到上面去。接下来，便是“哇”地一声哭叫。大人的笑声，孩子的哭声，女人的骂声，立刻回荡在大半个街道。孩子被抱下来，满脸泪水。大人还逗趣呢，孩子，看到腊八牛了吗？哈哈哈！

这是大人捉弄孩子的把戏，这也许是代代相传的，经历了也就记住了。寒冬腊月，天寒地冻，石头碌碡上结了一层冰霜。不谙事的孩童穿着开裆裤爬到碌碡上去，小屁股很快就会被冻了冰霜的碌碡粘住，要想下来可就难了，“哇哇”地哭叫。这小孩子就是所谓的腊八牛。

还有个愚弄人的小把戏就是腊八这天早晨伸出舌头舔门吊，结果与腊八牛是一样的，带着热气的舌头与挂满冰霜的门吊，冷热接触肯定会粘在一起。沉稳些的，别慌忙躲开，含一段时间再吐掉门吊，是不会受到伤害的。往往这种事情容不得多想，会紧忙躲避，有甚者真的会把舌头粘掉一层皮。

俗语说：“腊七腊八，冻死一家。”可见，进入农历腊月初八，真就到了天寒地冻的日子。“六腊月不出门，赛过活神仙。”也就是说到了数伏的六月与数九的腊月，没有重要事情最好不要出门。数九寒天，守在家里，围着火炉，沏上一壶热茶，与家人在一起，享受天伦之乐，真的是神仙过的日子呢！

过了腊八就过年。腊八过了，年的气息也就到了。先是泡上腊八蒜，春节饺子就着翡翠般的蒜瓣，吃一口香脆酸甜，幸福值倍儿增。

腊八节好像是过年的前奏曲，紧接着的腊月二十三过小年啊，腊月二十四扫房子啊，一天天，年节近。真是“天增岁月人增寿，春满乾坤福满门”啊！

“喳喳，喳喳”，一只喜鹊从头上掠过。

- 2018 年 1 月 -

依稀的梦影

那日，听人说起慈的近况，说是并不太好，见人很少说话，且自顾自的。好像慈多年前做买卖遭遇被窃，或许别的原因，总之，便精神萎靡不振。时隔二三十年了，终究不见以前的活泼开朗。

于是，便日日想慈，总想得悉慈的详尽情况。终于有一日，便约了好友，想去慈的家看看她。说起来，当初在DZ读书时，我们是好友。慈是一个爱说爱笑的人。高中毕业后，我们有过来往，我曾到她家住过两次，慈也来我家住过一晚。慈那时候活泼开朗得很，记得一日，她拿出了一个钱夹，从里面小心地抽出一张黑白两寸照片，照片上是一个英俊小伙子的半身照。慈羞涩地告诉我，这是他的对象。那时，我很惊讶地看着她，因为我们都还不到虚岁二十，我想，慈不至于这么小就谈婚论嫁吧?

不知过了多少年，在街上见到了慈。那时慈好像走得匆匆，不过她还是一眼就看到了我。她大声叫着我的名字，非要拉我去她家吃饭。那时，我的孩子大概五六岁的光景，她说她的孩子快十岁了。慈的眼睛不大，头发自来卷，卷曲得就像烫过的。慈爱笑，一笑就会露出向外突出的两个白白的门牙。好像慈也很忙，但是看得出她是舒心的，她的肤色比以前白了许多，身体也丰腴了很多。

一路上，我联系着屏。屏供职于一家公司，做管理。与屏，还有慈，我们都是要好的姐妹。

车子一路前行，终于见到了屏。方知这条路与我三十多年前来这里时并没有改变多少，只是路面宽敞平整了些。道路两边的花草尽管做了修饰，但是没有了

30 年前这条路两边树木的郁郁葱葱。车窗外尘土飞扬，好多地方在施工。

见到屏，屏依然美丽。屏与慈联系较多，在屏的建议下，我们取消了看望慈的计划。原因很简单，因为慈的近况很糟糕——慈对于外界是排斥的。如果我们贸然前往，可能会给慈带来不必要的烦扰，也许会加重慈的病情。

屏谋职的公司就在屏老家附近，爱怀旧的我，便提议去屏的老家看看。进村道路的方向还是那个样子的，向南再向西再向南。与当年不相同的是，村子东边这条南北走向的街道由土路变成了柏油。道路并不宽，只能容一辆汽车通行。

院落很大。屏的父母早已搬进了市里居住，院子自然就空下来。房屋年久失修，院子也久无人打理，于是这个院落就别有一番老宅的味道了。

满院都是落叶，厚厚的一层。一进门，屏惊呼，说地上还能拾到核桃呢。于是，我们紧忙在厚叶上寻找。果然，地上散落着已经蜕掉皮的核桃。这核桃，个头虽小一些，但与大街上卖的核桃没有什么两样。东寻西找的，不一会儿便也寻到了半塑料袋核桃。

院落分前后，我们进到的是南院。其实，南院北院已经连成一片。想当年，大家住在北院，与南院相通的是位于院落中间的一排房子，从房子里再到南院去。正房是五间相通的，中间客堂，两边各有相通的两间卧房。如今，正房的门紧紧关闭，门锁已经看不出颜色。

院子里一丛茂盛的冬青，茂盛到可以称之为灌木丛了。冬青高度超过了房顶，伸展的枝条涵盖了多半个院落。记得当时的早晨，正赶上夏季，大家围坐在院中的一个长方木桌前吃饭，说说笑笑，好不热闹。在屏家，我吃到了有生以来的咸鹅蛋。鹅蛋好大，黄黄的蛋黄，吃到嘴里又咸又香。屏的母亲特别勤快，早早地就把一家人的饭做好，收拾干净了院落。我与屏那时不过十七八岁，然后便是弟弟妹妹们。这么一大家子在院子里说笑，多热闹！那时，屏的奶奶还在世，一个头发都白了的老人。老人会讲好多笑话，我们很爱围着奶奶听她讲笑话。奶奶的手特巧，会绣各种各样的鱼虫花草，屏在 DZ 读书时，便也有一双会绣花的巧手。那个时候，院子里并没有太多的树，如果有的话，也只是小树而已。如今，满院的参天大树，就像经过了诸多的岁月一样。地上积蓄的厚厚的荒草与落叶，也在向我们叙说着这个家的曾经。

身处老家，勾起了我太多的回忆。傍晚，我与屏带着弟妹们就在东边这小树林里烧知了。地上用麦秸点起火，树上的知了就纷纷飞落下来，向着火堆，然后便发出声声惨叫。那时，并没有觉得这种活动有多么残忍，而是欣喜若狂地看着知了的自取灭亡。火堆灭了，大家便用小棍从灰烬里向外扒拉被烧死的知了。知了表面被烧黑了，用手撕开，立刻一股诱人的肉香扑鼻而来。于是，大家乐滋滋地享受着用自己的智慧换来的美食。

晚上，我们去村子中央广场上看电影，路过一家小卖部的门口，我看到了一个光着上身，而脖颈上挂着十字架的男人，大概四十多岁。记得当时我很恐惧，因为他的胸脯上还刺着文身。屏用手拽我，嘱咐我不要傻盯着看，会让人发怒的。于是，我们便奔向放电影的地方。电影演的啥如今记不起来了，总之，那件事过去好久，我总会想到那个刺着文身脖颈上挂着十字的中年男人。

告别老屋，告别老家，我们驱车回到了市里。

再回首，无论过去的人与事，都已成为梦影。而这梦影，随着时间的推移，将会变得依稀。如今，慈、屏的老屋，还有好多的过去，已经变得依稀。但是，珍藏在心底的那份真情，拳拳的，不会依稀缥缈的。

- 2015 年 12 月 -

思 归

我不知在等待什么，或许在期盼着什么，总之，我的心一直在飘飞，飘飞……

一场又一场的雨，把地洗润了，把天洗朗了。树叶被洗得一尘不染，空气净得不能再净。

我每日匆匆地消磨着时光，脚，停不下来；心，也停不下来。身体在转，脑子也如上了发条的陀螺一样，从没有停歇过，就连晚上做的梦，浑噩、朦胧，没有一个清晰完整的……

我毫不吝啬地浪费着我的年华。所做的并非自己所愿，所说的并非自己所想，所想的并非是现实。就这样，矛盾着每一个时日，虚度着每一寸光阴。

阳台上的那盆玉树，越发葱郁起来。去年好旺盛的一盆玉树，由冷瑟的寒风里一下子躲入温室，片片叶子枯黄起来，不住地往下落，最后只剩下了三两片残叶，无精打采地挑在灰暗的枝干上。于是，不再去管它。春天还没来，就早早地把它弃在了春阳里。经春历夏，没想到初秋的玉树，竟出落得如此健硕。不觉一阵暗喜，也许，人的命理也如此吧。

我们家的天井不算太大，还不足二十平方米。工作归来，常常站在天井里，仰望天空。我惊叹，这小小的天井里，竟能看到如此浩瀚的天空。

空中有时瓦蓝得没有一丝云，有时云层好厚，像是托着千斤的重量。有时呈现错落有致的鱼鳞，有时阳光透过黑云射出耀眼的光芒，那黑云变成了黄云、红云，即使是黑云，周围也被镶嵌了一道亮亮的白边。天空中有时会出现一道龙骨，高昂、峭拔，转瞬间就会被分散开来，成为大小不一的羽片。羽片越聚越多，排列得好整齐，每一块缝隙里都透出湛蓝的天空。望着这变幻莫测的天空，我常常发呆，也常常哑然失笑。

我不是蛙儿吧？！

我家的燕子归巢了，一只、两只……七只、八只……电线杆上、屋檐上，停歇了一大排。我辨不清这些燕子谁跟谁是一家的，但是，我知道它们都是我家的，它们的燕巢就在我家那个好大的门洞里。

门洞确实不小，足有三十平方米。这里共有大大小小的燕巢六个。我真的惊异这些燕子是否能够在一个屋檐下同居？不过，各巢的燕子真的是相安无事，从没见过它们起过战争。

燕子住我家有十多年了，起初是一对燕子，并且总是还不到秋天南飞的时候，便被狷獗的麻雀占了巢。在天井的上空曾经有过燕子和麻雀的大战，但终究还是鸠占鹊巢，灰冷的燕子带着一家老小，站在高高的电线杆上，望着自己的巢穴无奈地哀鸣。

不知什么时候，门洞里就开始有了两个燕巢，后来又成了三个燕巢，今年一下子骤增成了六个。它们绝对不是一家的，无论从燕巢的样子还是燕子的长相，都不能是一家的。也许是燕子势大就形成了一种威慑吧，那狷獗的麻雀却消失得无影无踪了。

每天早晨与傍晚，天井那一片蓝空，燕鸣燕舞。也就在这个时候，我才觉得生活还是有情趣的。

燕儿进巢了，偶尔发出几声“啾啾”的鸣声。天空不知什么时候已经拉上了灰灰的帷幕，只有阳台上的那一丛吊兰，安闲地垂吊着……

这个夜里无需有梦了吧。

- 2010 年 9 月 -

车站众相

终于坐上 D6044 车，车子前方的第一站便是莱西北站，我们的目的地是蓬莱。

因为时间比较充裕，因此便很从容地起床、做饭、吃饭，出门时也就 6:30 了。幸好 387 次车到了，急匆匆赶上车。到北站，过安检，坐下来候车，看看时间，离车的到来要有一个多小时。

常有看众人百态的习惯，从他们的装束神情以及走路的样子，去推断这个人的职业、性格，还会推想他的品德。这是个乐此不疲的活，不用动脑筋，也节省能源，你只要肯看、愿意看，便可以随心所欲。累了，就不用去看。

旅人常常很忽视身边的人与事，唯我独尊，想大声说话就大声说话，想低声细语就低声细语，想笑就狂放地笑，还有自我陶醉自言自语的。旅途劳顿者，不管姿势，旁若无人，想睡就睡，看那憨态，要比家里轻松自由得多。我也知道，貌似只是睡得香甜，头脑中都还有一根弦，既要照看着行李，又要听着车子进站的消息。

对面候车椅子上的母女，女孩子穿着条不算长的裙子，热衷于手机上的内容，两条腿也不知道遮拦并拢一下。女孩子旁边的母亲，仰躺在椅子上，两条腿肆无忌惮地放在前面的行李箱上，鞋子脱掉，幸亏脚上还套着双尼龙袜子。

两个年轻小姑娘，走到甬道中央，扎马尾的女孩举起手机，想拍一下车站候车室全景。长发女孩弯着身子，歪着头，故意挡在手机前面，做出娇嗔的样子。两个女孩子闹够了，也拍满意了，嘻嘻哈哈闹着离去。

一位七十来岁的老太太，上面穿了件半袖家居褂子，而下身却穿了件横条纹的黑白花裤子。给人的感觉就是两个季节，上半身炎热的夏季，下半身凉风习习的深秋。

总算排队进站了，我们排到3号车位前。站在我后面的一位妇女突然转到我的侧面。她终于说话了：“你衣服是不是穿反了？”好囧，衣服真的把里面穿在外面了。倒也不慌不忙一边说着谢谢，一边重新再穿起来。一直盯着别人看，对别人的装扮品头论足。没想到，自己也是被人评说的对象。你笑他人时，他人在笑你。

这就说明，事情并不是你看到的或者是你感觉到认为到的那样。一个不经意，一个疏忽，甚至是你觉得很认真，也会存在纰漏，存在欠缺。

正人先正己。镜子是别人，也是自己。自己的这面镜子在心里。一日三省吾身。其实，更要时时处处检点自己。

- 2018年8月 -

走进故居，追缅萧红

一部《生死场》，展现给人们一幅“北方人民对于生的坚强，对于死的挣扎”的“力透纸背”的图画。它对人性、人的生存这一古老的问题进行了透彻而深邃的诠释。一部《呼兰河传》，犹如“一篇叙事诗，一幅多彩的风土画，一串凄婉的歌谣”，描绘出一个北方小城镇——呼兰的单调的美丽、人民的善良与愚昧。

这两部旷世之作的作者萧红，悄然出现在读者面前。

一

萧红（1911—1942），原名张乃莹，出生于呼兰县城一封建地主家庭。是民国四大才女（吕碧城、萧红、石瓶梅、张爱玲）中命运最为悲苦的女性，也是一位传奇性人物。她有着与女词人李清照那样的生活经历，并一直处在极端苦难与坎坷之中，可谓是不幸中的更不幸者。然而她却以柔弱多病的身躯面对整个世俗，在民族的灾难中，经历了反叛、觉醒和抗争的经历和一次次与命运的搏击。

萧红被誉为“三十年代的文学洛神”。而这位文学洛神，人生多坎坷，命运多劫难。这颗文坛巨星只匆匆度过了她三十一个风雨春秋，便含恨离开了这个让她既痛恨又眷恋的世界。

“我将蓝天碧水永处，留下那半部《红楼》给别人写了。”

“半生尽遭白眼冷遇……身先死，不甘，不甘。”字字血泪、字字悲怆、字字无奈……

二

认识萧红，我是从这段文字开始的——

“生、老、病、死，都没有什么表示。生了就任其自然的长去；长大就长大，长不大也就算了。

老，老了也没有什么关系，眼花了，就不看；耳聋了，就不听；牙掉了，就整吞；走不动了，就瘫着。这有什么办法，谁老谁活该。

病，人吃五谷杂粮，谁不生病呢？

死，这回可是悲哀的事情了。父亲死了儿子哭；儿子死了，母亲哭；哥哥死了一家全哭；嫂子死了，她的娘家人来哭。

哭了一朝或者三日，就总得到城外去，挖一个坑把这人埋起来。

埋了之后，那活着的仍旧得回家照旧地过着日子。该吃饭，吃饭。该睡觉，睡觉。”

这段平实无华的文字，却一下子让人明白了人生。人的生老病死只不过就是大自然的一隅。生，任其自然而生，老，任其自然变老。得病是自然而然的事情，死也是自然而然的结果。

在描述“死”给人们带来的伤痛时，作者只寥寥数笔，便把世态炎凉，家庭、社会关系刻画得淋漓尽致，骨肉毕现。

父亲在家庭中占着首位，同时又是一家的顶梁柱，父亲死了，最最伤心的莫过于儿子。母亲从来都是弱势，儿子赖以生存的大树倒了，仰仗的靠山没了。从此，便会孤苦伶仃、无依无靠，要仰息别人脸色度日。不知要辛辛苦苦多少年，受尽白眼和欺辱。明摆着的事实，怎不会为失去父亲而痛哭流涕？

“母以子贵”在整个封建时代是不争的事实。妇女嫁夫从夫，而自己的大富大贵全是仰仗着自己的儿子。一旦儿子死了，一切的希望也就消失了。空落落地走来，空落落地去，没有儿子的岁月犹如一具行尸走肉，怎不让人伤心欲绝？

哥哥既是父母的希望，也是弟妹们的靠山，哥哥死去，一家人自然都会特别伤心。

唯独这嫂子，是哥哥娶进门的媳妇，原则上是来传宗接代的，然后便是相夫教子，孝敬公婆，操持家务了。这个角色在家庭里必不可少，但是不一定非此即此。正如老俗语所说：“媳妇犹如墙上的泥，掉了一层再可糊上一层。”因此，嫂子死了，也只有那有着血肉亲情的娘家人为之伤心了。

作者笔锋一转，又写到“哭了一朝或者三日，就总得到城外去，挖一个坑把这人埋起来。埋了之后，那活着的仍旧得回家照旧地过着日子。该吃饭，吃饭。该睡觉，睡觉。”是啊，不管逝去的人给生者带来多大的伤痛，这是无奈的事情，以后的日子该怎样过还是继续怎样过。果真如此，虽然你见过那悲痛欲绝要死要活的人多么悲伤难受，还真的以为他没法子活下去了呢。可是，到后来他依旧还是那样地活着。

掩卷沉思，事实就是事实，真理就是真理。不容改变，不容置疑。这似乎也不是什么大道理，但是你不得不惊异这样的道理。作者并没有劝世的道理讲给你听，只是很简单地在描述一个事实，而这个事实是司空见惯的，而我们却视而不见。等你仔细想去，会惊诧无论是佛理还是什么箴言都是存在于简单的日常生活之中，只不过你没有注意到而已。

这就是佛家的伟大，理论家的杰出。而写出这套人生哲理的却是一个年轻文弱的女子，而这位女子只匆匆在世 31 个春秋。这不得不让你惊异，不由得滋生敬慕之情。

她——这位文弱女子，就是活跃在20世纪30年代的中国现代著名女作家萧红。

三

那日，虽然已是盛夏，老天似乎特别垂怜游人的心情，不但掩藏了烈日，还时不时地洒下几滴细雨。凉爽宜人的天气，仰慕已久的心情，夏风徐徐踯躅着前行的脚步，两扇古朴厚重的木制大门，一围蓝砖青瓦的院墙，热情而庄重地迎接着这些慕名而至的人们。举目仰视，门楣上陈雷书写的“萧红故居”四个苍劲大字赫然在目。

这是北方一座极普通的庄院，传统的八旗式住宅，土木建造。如若不是宅院较大些，房屋较多些，你不会想到昔日主人曾是一户殷实的地主。整座宅院给人的感觉是那样朴实、祥和、厚重。在这里，你看不到红砖碧瓦，看不到亭台楼榭，更看不到雕梁画栋。在这里，你绝感受不到高门豪宅的阔绰与霸气。映入你眼帘的是富有情韵的格子窗，充满温暖的大通炕，透着洁净的青砖地，以及浸润着民情、乡情、亲情的各种古朴的陈设装饰。

置身其中，不由你不去坐坐那铺炕，体会一下作者小的时候跑进炕里，调皮地用手去捅破窗纸的情形。当你面对那被作者视为神秘天堂的隔离间，就会陷入深深的沉思。

……

后门便是作者儿时的乐园。

那绿油油的青菜，顶着小黄花的嫩瓜，时飞时落的蜻蜓，捉迷藏的花蝴蝶，还有那一直盼望开花结果却终没有结果的樱桃树……

那多半人高的泛着黄色的绿蒿，或散或簇的含羞带露的玫瑰，还有那与风儿谈笑的狗尾巴草，无不写满作者童年的天真和欢乐。

可惜此时，除了那人为保留的园子蔬菜外，恐怕只有那棵永远不会多言多语的老榆树，在每年每季地送着严冬，迎着酷夏。也只有它，在见证回味作者童年的逸闻趣事；也只有它，才会明白作者为什么只有把这里作为自己的唯一乐园。

踏入萧红故居，一股浓厚的东北生活气息立刻迎面扑来。不禁想到呼兰河的人，呼兰河的民生，呼兰河的习俗。年轻的作家生于此，长于此，在这里整整生活了十八个春秋。作者耳濡目染了呼兰的气息，笔下自然飘扬出的是呼兰的芳菲。这种芳菲绝不是那些豪宅大院的奇葩，而是把触觉伸向了广大的民众，是那些最最底层的劳动人民。这种笔触，这种神韵，绝非是一个文学爱好者的天赋。这座朴实的大院是作者笔端的始耕，是素材的源泉，是作品的灵魂。

传统的道德修养、文化底蕴，勤劳善良的人性，促就了作者的思想道德的形成，以至于作者笔下出现了那充满童稚，充满欢乐的菜园，出现了“团圆媳妇”“王大姑娘”“有二伯”的恩怨情仇、悲欢离合。这些让人读去，透着一股刺骨的冰冷，从头寒到了脚跟。而作者却犹如一位老人，在面无表情地讲述一段已经久远的不能获知年代的故事，讲得如此平淡，平淡得让人揪心，让人窒息，让人都要癫狂了……鲁迅先生评价萧红的《生死场》用了“力透纸背”这个词，《呼兰河》又何尝不是呢？

四

一座两米多高的汉白玉雕像，正对大门。女作家萧红袭一身那个年代极普通的素衣素裙，端庄娴静地坐在一块青石上。左手执书，自然地搭在两腿之间，右手托腮，眼睛凝视着远方，……

萧红，你在想什么？你在憧憬外面的世界吗？

你终于勇敢地跨出了这座大院，让自己的步履走得好远好远……

萧红，出生在一个地主的家庭。她本是一个大家闺秀，她接受的是传统的礼仪教育，她本应走一条嫁为人妇，然后相夫教子的道路。但是，她毅然冲破了封建礼教，愤然离家，选择了一条“被人不耻”的路。她拒绝父亲包办的婚姻，追求自己的理想和自由，在颠沛流离中，完成了自己思想的升华。

……

一阵刺痛猛袭我的心田。

萧红似乎是坚强的，她有一种本能的自信，不管处于多么危险的境地中，总是深信自己能解决好一切麻烦。但是，萧红骨子里的脆弱，和现实的反叛成了一对最好的敌人，较量的结果是让她伤痕累累，疲惫不堪。

因为她的天真幼稚、自私任性、酷爱自由，使她在这个传统家庭里没有立足之地；因为她的自怜，使她更加软弱和脆弱。

“温暖和爱”是萧红一生都致力于此的“永久的憧憬和追求”。而这种美好的愿望的实现，萧红却完全寄托在男人的身上。

为了能够继续求学和拒绝父亲的包办婚姻，她盲目地跟从表哥陆舜振到哈尔滨。当陆舜振屈服于陆家的威势离开她后，她又天真地去投靠父亲为他包办的呼兰县驻军邦统王廷兰之子王恩甲。王家已不认这门亲事，而王恩甲却与她一同离家出走。萧红怀孕，临产期近，由于王恩甲没有足够的钱，交给旅馆，弃萧红而去。萧红登报求助，这便有了“两萧”的一段美好佳话。

萧红和萧军度过了贫病交加、颠沛流离的六年。面对萧军感情的背叛，萧红又把自己的情感游戏似的转嫁到端木蕻良身上。最后守在萧红身边的骆宾基，也只能与他含泪作别。

尽管萧红在很短的时间内，从一个男人怀里辗转到另一个男人的怀里，在一段感情尚未结束的时候又匆匆开始了另一段感情，但是事实上，她几乎没有真正因为爱情而获得过幸福。

萧红数次喟叹：“最大的痛苦和不幸都是因为我是女人”“这个社会，萧军、端木，还有日本人的飞机炸弹，不管是谁……都是我命运不好，我为什么生下来就是一个女人呢……我败就败在是个女人上。”

从这段文字中不难看出，萧红喻自己为“莎士比亚的妹妹”的原因所在——女人只能通过她和社会之间的中介男人来求得社会的承认。萧红界定在这句话中，始终不以独立的人格立于社会。她在感情上和精神上，一味地依赖于男人，她又会因为发现男人其实并不可靠而愈加失落。她太贪恋这些泥里的温暖，不肯孤立无援地站立在天地之间。

萧红在弥留之际，写道:“平生遭尽白眼，身先死，不甘，不甘。”萧红是一个无辜的孩子，她脱不了的是稚气。她始终摆脱不了社会的枷锁。她的灵魂冷艳得让人颤抖，是黑暗的社会把这位追求理想、才华过人的女作家吞噬了。

五

萧红是不幸的，也是幸运的。她在文学道路上起步不久，便得到了新文学旗手鲁迅的亲自提携与栽培。鲁迅将萧红、萧军介绍给茅盾、聂绀弩、叶紫、胡风等左翼作家。这些人后来都成为萧红的好朋友，对她的创作和生活产生一定的影响。在鲁迅的帮助下，萧红的中篇小说《生死场》在上海正式出版。

《生死场》以沦陷前后的东北农村为背景，真实地反映旧社会农民的悲惨遭遇，以血淋淋的现实无情地揭露日伪统治下社会的黑暗。同时也表现了东北农民的觉醒与抗争，赞扬他们誓死不当亡国奴、坚决与侵略者血战到底的民族气节。

鲁迅在为《生死场》所作的序言中称赞萧红所描写的“北方人民对于生的坚强，对于死的挣扎却往往已经力透纸背；女性作品的细致的观察和越轨的笔致，又增加了不少明丽和新鲜。”

《生死场》深受广大读者的喜爱，社会影响很大。萧红也因此成为 20 世纪 30 年代中国文坛知名的女作家，从而确立了她在中国文学史上的地位。

《呼兰河传》带有浓厚的乡土气息，具有独特的艺术风格，是萧红又一部有影响的代表作。茅盾先生在序言中称“它是一篇叙事诗，一幅多彩的风景画，一串凄婉的歌谣。”《呼兰河传》的完成，标志着萧红文学创作已进入成熟时期。

萧红在这短短的 9 年中，她创作了三部长篇小说《生死场》《马伯乐》《呼兰河传》；三本短篇小说与散文合集《跋涉》《桥》和《牛车子》；另有《商市街》《萧红散文》《回忆鲁迅先生》等三本散文专集，以及一些散见于报刊的作品。

萧红的文字，近乎天然。

萧红的笔下是一派近乎稚气的天然。人物不是刻意描画，那种喜怒哀乐，就像一直浮在画面中一般，置于生活，就是活生生的群体。在这些清淡自然的描述中，一种悲天悯人的伤感，与生俱来似的附着了文字，让人读来会感到心中隐隐作痛。

萧红的文章里没有幽怨，有的是和谐、纯净、完整，更重要的是真实。她在用真诚的心讲述真实的事情。

萧红的伤残是埋在心底的。她的作品中融入了尖锐的疼痛和空灵的心灵。

六

这是一位怎样的奇女子啊！

走了异端，跨出了封建礼教的门槛，摆脱了束缚妇女的层层藩篱，坚忍而义无反顾地走着一条追求幸福自由的道路。这是有着何等胆识和气魄的女子啊！

萧红不但是大胆的，也是进步的。她的进步令一代须眉汗颜。她不去写风花雪月，而去写凄风苦雨。她把民众的疾苦、民族的危难作为己任。她用自己的笔，痛揭旧的传统意识对人民的束缚和戕害；她用自己的情，歌颂那些挣扎在死亡线上的人性的坚强；她用自己的魂，表述对黑土地的眷恋。

萧红是多才的，作者短暂的一生，却创作出了撼世的一部部作品。

萧军这样评价萧红："她的心太高了，像是风筝在飞。"

"强烈的哀愁。"鲁迅夫人许广平如是说。

著名散文家林非说："萧红的小说写得有散文的韵味，散文就更有散文的风格。"

萧红是文学创作的一个里程碑。

萧红塑像前，不由你不驻足，不由你不仰视，不由你不膜拜。那种崇敬的心情是从心中自然升起的。眼前这位女子，端庄秀气，一双明眸中透着聪慧，透着睿智。她在这座大院的包围之中，而她却跨出了这座大院，艰难而义无反顾。

萧红，真乃旷世才女！

七

《木兰辞》中说：“开我东阁门，坐我西阁床。脱我战时袍，著我旧时裳。当窗理云鬓，对镜贴花黄。”替父从军，戎马十二载的花木兰回归故里，有如此的眷念情感，不知自从跨出呼兰，足迹踏遍大半个中国，最后客死他乡，年仅31岁的这位女作家，假若回归故里，她会是怎样的心态呢？神伤？落泪？欢呼？沉思？

作者一定是思念家乡的，故里始终是她魂牵梦绕的地方。她始终是要回来的，但是，她没有争取到回来的机会，她过早地离开了人世。如果她不眷念自己的家乡，她就不会在那灯红酒绿的豪华之地写下《呼兰河传》。正是家乡的山山水水，风土人情，无时无刻不在牵扯着那颗漂泊的心。作者融入呼兰河的情感，正是她对家乡的满腔的爱。

落叶都要归根。而作者未到归根的季节便夭折了。也许，从她跨出家门的那一刻，便有了那牵扯的丝线，这条丝线越扯越远，越扯越多，丝丝缕缕，难以魂归故里啊！

睹物思人，触景伤情。作者走了，留下了太多的遗憾。逝者“不甘”，生者更“不甘”。且不说文坛上的一颗巨星陨落的痛失，也不说亲朋好友的心哀。只说萧红的离去，带给呼兰的却是一位优秀女儿的怆然伤痛。她爱呼兰，呼兰更想拥抱自己的女儿。

萧红走了，十年漂泊。北方的呼兰是她的起点，南方的香港是她的终点。

萧红走了，她的生命结束在战争的硝烟中。

萧红真的走了，这个纤细美丽的灵魂，消失在男人统治的世界里。

一代才女，英年早厄。来也匆匆，去也匆匆。走得令人猝不及防，走得令人追悔心寒。

但是，萧红又留下来了，故居是她的根，呼兰就是她的魂。

八

站在呼兰大桥，眺望那宽阔奔流的呼兰河，心潮起伏，久久难以平静。

由萧红，认识了呼兰河；看呼兰河，追忆萧红。

值得告慰作者的是：呼兰在崛起，呼兰在欢唱。

- 2011 年 11 月 -

第二辑

时间魔方

悠悠寸草心

前不久，女儿休假回家，给我带回来一袋红枣银耳羹。

我笑着问："女儿，挣钱了？"

女儿很认真地说："妈，你身体不好，给您补补嘛！"

我的女儿在读书。女儿不挣钱。每月都要花我的供给。尽管这样，我心里还是甜丝丝的。因为女儿毕竟已经长大了，懂得报效母亲了。有她的这片孝心，我已足矣。

我想起了自己，也是和女儿这样大的时候，我在读高中。当时我们家境并不好。尽管那时我的生活费不是很高，每月只有九元，母亲每次都要东拼西凑的。

母亲很疼我，我的衣服多半都是新的。而母亲呢，永远是那补丁的衣服，虽然整洁，但我看着心酸。于是，我就打定主意，一定要给母亲买件衣服。

我去供销社问了售货员，白布是三角六分一尺。要买六尺，得需要两元一角六分钱。要知道，我当时的生活费每天才三角。我怎么才能积攒出这两元多钱呢？

我省下了每月的零食——两角钱。我把母亲给我买细粮饭票的钱省了下来——八角。最大的一笔收入是学校给我的助学金——一元。还差一角六分钱。在我一筹莫展的时候，我们学校捡废纸的老奶奶给了我们三角钱。要注意，我这里是"我们"，老奶奶的这三角钱是给我们四个人的。在我们学校，有个捡纸的老奶奶，孤苦一人。我们四个同学经常帮助她。老奶奶多次想给我们买东西吃，我们都拒绝了。这次，我想给母亲买件衣服，她们都很支持我。老奶奶拿出三角钱酬谢我们，我们就接受了。

一角钱买了瓜子表示庆贺。那两角钱添上我自己积攒的二元正好买下了一块六尺的白布。我们把白布扯平，折得整整齐齐的。我在想，母亲今后有新衣服穿了。她一定会非常高兴的。

于是我盼望着放假。放假后就可以见到我的母亲了，就可以给她一个惊喜。

我终于回家了。当我迫不及待地把那块布展现在母亲的面前时，我却感觉到了母亲的愠怒。母亲没有说话，把布放进了柜子里。

第二天我回学校，母亲仍然没有笑脸。我的零花钱和买细粮饭票钱也减少了。我好委屈。我想可能是母亲误会我了，认为我是乱花钱。我真想告诉母亲这钱的来路，但是我始终没说。

此后这么多年，我始终没见母亲用那块布做衣服。直到去年母亲患病，生活无法自理，我整理母亲的衣橱，才发现了那块布被包裹得好好的，压在箱底。我一下子明白了。母亲一直珍藏着我的这片孝心。母亲是个脾气暴躁的人，而那时她没有发火，她的生活压力那么大，但她没有把火发在孩子的身上。在当时来说，自己舍不得花的钱，被孩子为自己花掉，也是很难过恼火的事情。而母亲只是愠怒，没有说什么。也就是因为母亲的愠怒，才让我发奋好好读书，将来给母亲明明白白地尽一份孝心。母亲她不希望我回报什么，她只希望我好好读书，将来有出息。

现在，我的女儿又以同样的方式来表达她的孝心。我没有愠怒。现在的孩子们，生活条件如此得优越，她们已经过不惯拮据的生活，并且处处以自己为中心。女儿能够在这优越里想到回报母恩，已经是做母亲最大的安慰了。

我打开女儿买的红枣银耳羹，用水沏了，慢慢搅匀，细细地品尝着……

女儿说："妈，你吃吧，别舍不得！我挣钱后，会给你买更好的！"

是啊，女儿长大了。

同样的悠悠寸草心啊！

-2008 年 11 月 -

父亲是那拉车的牛

——此文献给天下所有的父亲

“父亲是儿那登天的梯，父亲是那拉车的牛。”阎维文的一曲《父亲》唱响了大江南北，也把儿女对父亲的深深眷恋之情，表达得淋漓尽致。

父亲相对于儿子而言。

男人成家当了父亲，便成了家里的牛。父亲整天起早贪黑地奔命，勒在身上的套绳子被绷得紧紧的。苦——得自己默默地吃；累——得自己悄悄地受；有了委屈眼泪得往肚子里咽，折了胳膊得墩在自己的袖管里不能“吭”一声。挣了钱蹦子舍不得花，儿子受了欺负他还得丢掉面子前去护犊子，这一切，都是为的啥？为的就是儿子，因为有儿才有奔头。

儿子，自打哭着喊着从娘肚子里爬出来的那一刻，就天经地义地做了儿子。饿了——哭；撑了——哭；冷了——哭；热了——哭。骑在父亲的肩头上——高兴；父亲直不起腰来走得慢些——撒泼……

儿子渐渐长大，从幼儿园到小学，到中学，一直到大学，吃的穿的用的，大把的银子拿来；找工作，处朋友，买车、买房、结婚，儿子从来不用考虑资金的来源，因为一切有父亲顶着扛着。至于那些钱，父亲是怎样的含辛茹苦，怎样的汗珠子掉地上摔八瓣换来的，对于儿子来说，那似乎是遥远的事情，与自己似乎毫不相干。穿着不时尚了，怪父亲；居住环境比别人差了，怪父亲；工作不舒服了，怪父亲；甚至娶不到富二代的媳妇，也怪父亲没有挣得个“门当户对”。儿子觉得，父亲理所应当地来满足他的要求。父亲看着儿子怨毒的眼神，只能擦擦额头上的汗，低下头，默默地继续拉车——因为他是父亲。

时光荏苒，儿子做了父亲。当一切他从来都没有打算过问的问题现在就很真实严峻地摆在他的面前的时候，他再看老父亲，父亲的背已经驮了，步履蹒跚了。不管他乐意不乐意，他还是接过了父亲拉过的车。沉重的车子让他慢慢体会到当父亲的不易，他懂得了如何对待自己的老父亲。

从儿子到父亲，父亲是儿子的父亲，儿子是父亲的儿子。生活的重担和对家庭的责任，让儿子懂得了“父亲”的含义。他也像父亲一样，默默地整天起早贪黑地奔命。

父亲脸上刻着的岁月写满了坚毅，父亲弯曲的脊背扛的是责任。儿子懂得了什么是“父爱如山”，儿子知道了什么叫“孝顺”。

父亲——儿子——父亲，生活就是这样，代代传承……

“父亲是儿那登天的梯，父亲是那拉车的牛。……儿只有轻歌一曲和泪唱，愿天下父母平安度春秋！”

-2013 年 6 月 -

冬日暖阳

太阳躲在云层里，直到中午了还不肯露面。天气预报说今天多云转小雪，体感温度确实寒冷了不少。眼下已是数九的季节，温度却要比往年暖和得多。流感肆虐。于是，人们盼望这一场雪的到来。

放学的铃声响过。正准备收拾东西离校回家，电话响了，女儿打来的。女儿让我晚走十来分钟，说有人会送蛋糕过来。惊诧之余，也颇感动。

今天是老公的生日，我们的结婚纪念日在老公生日的前一天，于是，每年我们就选在老公生日的这天来庆贺。女儿十多岁起就住校读书，然后只身一人闯北京，而后远嫁青岛。我俩庆祝，女儿是没有时间在身边的。今年由于我们两个都感冒了，便也没有心思来庆祝啥，只是相对感慨岁月之快，都已经 50 多岁了，婚姻也整整 30 年了。如果彼此健康能够相守，也就很知足了。没想到细心的女儿，远隔千里为我们送来了祝福！

我的电话再次响起，声音很亲切："张老师吗？您的蛋糕送到了，我在学校门口等您！"

"好的，谢谢！放在门卫室吧，我一会儿出来拿！"

"我等您会儿吧！我想亲自给您！"男孩子很诚恳，让我也委实感动！我忙戴好口罩帽子，匆匆出楼到车棚骑电动车。

学校门口已经没有了接送孩子的家长，空旷而安静。老远我便看到一个年轻小伙子，手里提着一盒蛋糕等在门外一侧。我骑车出去，走到年轻人面前，说："真不好意思，让您久等了！"小伙子带着灿烂的笑容，说："没什么的，应该的！"

边说边把一个小纸袋子放到我车前面的筐子里。手中的蛋糕让他为了难，他看我筐子窄小，无法平放进去。见我又不能一只手提着蛋糕一只手扶车把。还没容我说话呢，他就说："我给您送到家吧！"这让我意想不到，我连忙说："那太感谢您了！"

我前边骑车，小伙子开车跟在我的身后。车程虽不远，十多分钟，但是小伙子的举动让我尤为感动。风吹在脸上，全然没有寒意，暖流涌动在我的全身。

到了家门口，小伙子把蛋糕递给我，笑容依旧那么灿烂，说："张老师，祝您生日快乐！"我连声说着"谢谢"，目送着汽车远去。

当老公戴上寿星帽儿，点上蜡烛，我俩不约而同地说："为年轻人祈福许愿！"是啊，这位素不相识的年轻人，他的行为不仅仅代表的是一家烘焙店热忱的责任，而是中华美德的传承啊！女儿要求送蛋糕的地址就是我的工作单位，而小伙子没有因他的生意而吝惜时间，他给一对老年人送来了春天般的温暖。这种暖是厚重的，不会因时光流逝而变单薄；这种暖也是恒久的，不会因岁月辗转而搁浅。

切蛋糕时，女婿的电话来了，祝爸爸生日快乐！祝福爸妈健康幸福！感动！为懂得感恩！为懂得敬重！为懂得奉献！

这个冬日，温暖如春！

-2018 年 1 月 -

总有那么一瞬触动心弦

很早就想写这样一篇文章了，不是因为忘却，而是释放心头的情结。过往的岁月中，所经历的人与事，总会有那么一瞬，就发生在你的眼前，颤动了你的心弦，久久不能释怀。直到今日，我都无法言喻我当时的感受，用感动一词未免有些浅淡，只好，也只能用了触动心弦，去描述当时的情境。

那年夏季，我与女儿到颐和园游玩。邀月门前，游人拍照留影。也有那不文明的游客，竟然在台阶上吐了一口痰，扬长而去。实际上，我并没有看到吐痰之人的所为，让我看到的是一个躬腰用纸擦拭痰迹的女清洁工。她擦得很认真，络绎不绝的游客从她身边擦身而过。我那时真担心她会被游客踩到。地上的痰迹被擦抹干净，她直起腰。我看到了口罩上面一双非常美丽的大眼睛，黑黑的眸子，纯净、明亮。她露在口罩外面的皮肤非常白皙，中等偏上的身材。她并没有因为我对她的凝视而感到惊讶，转了身，向另一个方向走去。我这才回过神来，赶紧拿出相机，拍到了她的背影。这件事情，我向我的学生们讲述过，不是因为她的工作的不平凡，而是因为她内心的不平凡。也许你们会认为她的工作就是清洁工作，清洁卫生是她的分内之事。但是，试想一下，清洁工所做的工作，是谁在给他们增加麻烦呢？如果那个游人有最起码的道德底线，就不会在游人如织的景点随地吐痰了。如果那个清洁工不及时地擦抹掉痰迹，或者说她可以迟疑一些，那么这痰迹也会消失，但是不知会被多少游人踩到。试想一下，游人的心情会是什么样的呢？当我看到那张平静的脸，看到那双清澈的大眼睛，我真的是好感动的。正是因为有了这些默默无闻的工作者，我们才会有好心情，我们才会让自己的生活变得绚丽多彩。

在河南省林州市石板岩乡南寺村，我被一位聋哑老人的举动而感动得泪流满面。当时，我正采访“农家小院”的一对老夫妻，就坐在院前的石墩上。交谈之际，一位古稀的老大娘慢慢走过来，她手里拿着一个草垫子，笑着，用手比画着，意思是让我把草垫子垫在石凳上，怕我着凉。等我重新坐到草垫子上，她却退在一边，只是看着我们笑。开店的老人介绍说，这是他们的叔伯妯娌，一个聋哑人。她什么都明白，只是听不到也不会说话。我们谈了很长时间，聋哑老人也守着我们坐了好长时间，并且她把自己的凳子一点点地挪到了我的身边，笑笑地看着我们。我知道，在大山上，很难有人到这里来，山民把稀少的游客当成了重逢的亲人。他们高兴地说着话，毫不吝啬地把自己辛勤收获的年货送给游人。他们没有过多的希望，他们只想与山外人交流。他们的脸上一直挂着笑容，即使谈到伤心之处，也只是稍做沉思状，便又憨厚地笑着。我想，他们觉得只有用脸上的笑容，才是对山外客人的最大尊重。聋哑老人的眼睛始终看着我，嘴巴抿着笑，像是见到了自家的女儿。面对老人的热情，我无一回报，把头上的遮阳帽摘下来，戴到老人的头上。老人执意不肯要这顶帽子，她指指太阳，指指我的额头，踮起脚把帽子戴回到我的头上。多么善良的老人！我们走出了很久，再回头的时候，只见那位聋哑老人就跟在我们的身后，她依依不舍地相随着我们。我们向她一次次地挥着手，老人才肯把脚步放慢，但是就那样执着地看着我们，就像露着笑容的一尊雕塑，我的眼泪再一次夺眶而出。往往，朴实的才是最感动的！

拉萨数日，让我每时每刻都在感动中。黄昏，大昭寺前，我不顾“游人不可在此长久逗留与拍照”的警示，在那里驻足很久，心中永久烙下这感动的一幕。这些膜拜的人们，他们站直身体，双手合十高举到头顶，然后移至胸前自然移开，与地面平行前身，膝盖先着地，后全身俯地，掌心朝下俯地，额头轻叩地面。再站起来，如此反复，动作丝毫不差，口中诵念经文不绝。他们虔诚地膜拜，虔诚地诵念，心无旁骛。有的在地上铺着块磨了边的地毯，有的铺着块或黑或蓝的厚布，还有的就直接匍匐于光亮的石板上。这些人大多远道而来，他们的身边放着简单的包裹。他们的虔诚膜拜，与露出了脚后跟的袜子，形成了鲜明的对比，正因为如此，让人不禁落泪。这泪水，是因为感动，源于对一种信仰的坚定与信守。

去年青岛之旅，又被一位捡拾垃圾的老大爷所感动。我们坐在海边的礁石上休息，一边吹着海风，一边欣赏着海景。一位 60 多岁的老大爷，笑呵呵地冲我们而来。他停住了，弯腰从一个石缝里抠出了一只饮料瓶子，不知哪位顽皮的游人把瓶子塞到了石缝里面。老人如获至宝般的表情，让我有些诧异。看他的装扮，衣裤整洁；看他的脸色，红光滋润。无论如何，也看不出他是一位靠捡拾垃圾过日子的人。他又弯腰，从岩石缝隙里，捞出来一些垃圾，放在他提着的白色塑料袋里。他见我看他，便主动与我搭讪了起来。原来，他还就是一个靠捡拾垃圾生活的老人。他有一双儿女，不是亲生的，是他与老伴收留的，带大了，生活都很好。他的老伴前几年去世了，他就在这一带捡拾垃圾。他说儿女每月都会给他钱，政府也每月给他钱。但是，他就喜欢做这项工作。他笑呵呵地说："捡垃圾不丢人，但是也得注意形象啊！我如果穿得破衣烂衫的，脏兮兮的，那不是给中国人丢脸吗？儿女不是不管，国家不是不管，对不对？"老人的牙齿很白，脸上的笑容好美！

在崂山，在一段陡坡路上，遇到了一个坐着滑竿上山的游客。游客是一个三四十岁的男人，白净的脸上，一副目中无人得意扬扬的神态。不知为什么，我心中陡然升起一股气愤。两位抬滑竿的男人，小汗衫整个被汗水贴在了脊背上，露出里面臂膀红红的颜色。游人自动闪开一条路，让滑竿过去。我是下山的，回头看了很久。无论上山，还是下山，景区都会安排一些当地或貌似当地的产品揽售。游人往往就会"见异思迁"，我也被路边诱惑的商品所吸引，渐渐忘记了心中的不适。当下到一个小亭子时，竟然见到了那两个抬滑竿的男人，他们正坐着乘凉。显然，他们已经没有上山时的疲惫，脸上反而是一种安然且满足的神情。从他们口中得知，抬一次滑竿上去，是 60 元，两人各得 30 元。这一天，最多能抬 20 多趟，100 多米的路程。他们说，旅游旺季赶紧做。到了淡季，就得改做别的行业了，靠这个是不能养家的。当我说起那个男人完全可以自己上山，更不要有这种趾高气扬的神态时，他们笑了，很憨厚。还是那个稍微大些的男人说了话："我们挣的是力气钱，不会去管坐滑竿的人的年纪大小的，更不会在乎坐滑竿的人的神态。人家是花了钱的，咱就得稳稳当当地把人抬上去。"说完，他们俩就赶紧下山了。望着他们的背影，我久久不能释怀。

涿州采访，发生着一幕幕的感动瞬间。走进村民谷尚伦家，老人正坐在一张圆桌前吃午饭。谷尚伦的老伴舒真知道我的来意后，一下子便打开了话匣子。谷尚伦年轻时患骨癌，幸亏良性，做过手术后，虽然保住了性命，但是被锯掉一条腿，落下了终身残疾。1972 年，病情再度恶化，最终只能瘫卧在床。家境困难，孩子年幼，她一个弱女子用孱弱的双肩担起了家庭的重担，艰难可想而知。舒大娘永远忘不了涿州市残联，更永远忘不了田元长书记，帮助他们足不出户，为谷尚伦办理了二级残废，拿到了相应的残疾补贴。舒大娘泪流满面，她紧紧拉住我的手，哽咽着说：“感谢政府，感谢党，田书记比我的亲儿子还要亲啊！”当我采访东辛村村民何继旺住进这么宽敞明亮的住房是什么感觉的时候，这个老实而有一点木讷的汉子，嘴角抽搐着，竟然只说出来这样一个字“好”。蔬菜大棚种植户张树臣说，田书记几次到他的菜地去，都是在他毫不知情的情况下去的。9 月，他们这些蔬菜大棚种植户，领到了价值 10 多万元的棚布，这一下解决了今年蔬菜大棚越冬的燃眉之急。小伙子的脸上泛着红光，眼睛里充满了感激。老党员张振海深有感触地说：“像田书记这样的一群人，我从来没有见过。他就是当年的焦裕禄书记啊！”这些在影片中看到的镜头，在现实中我看到了。我想，党群关系之所以那么让人难以调和，那么难以深入人心地融洽，其实根本原因在于党的领导干部是不是真的在为老百姓所想所做。这里的一切，让我深深体会到，触动心弦的东西来自内心深处。

自然的，朴素的，善良的，才是人间最触动心弦的感动。

-2015 年 4 月 -

我的名字

——写在母亲节

听母亲说，我原来的名字叫“秀动”。“秀”字是按照我们本家的“秀”字辈排列下来的，而这个“动”字，则是与我出生的背景有关。我是66年生人，那年正好赶上邢台大地震，我们是邢台的临区，因此搭建了不少防震棚。而我就降生在防震棚里，过去人们管“地震”叫“地动”，因此我就叫“秀动”了。

不知“秀动”这个名字叫了几年，终于有一天，本村一个极有学问的人，对我父亲说，“动”字不太好，一个女孩子家，还是稳重宁静一些得好，再加上这个孩子的聪慧，就改作“秀君”吧，一方面取意是个文静的女孩子，另一方面也做个优秀之人。

不知是我天生的文静聪慧，还是改名字的原因，我确实如他们所希望的，自打跨入学门后，成绩一直是名列前茅的，每年都会拿回三好奖状。我们那不太大的屋子里，整个一面墙上，贴满了大大小小的奖状，每一张奖状的前三个字都是“张秀君”。父母看着这张张奖状，脸上挂满了喜悦。母亲识字不多，每次贴上奖状后，她都是让父亲读给她听。母亲有很好的记忆力，每次父亲读后，母亲都会一字不错地读下来。我知道，母亲认识的只是女儿的名字，而奖状上的那些字是记在母亲心里的。

此后，我离开家去外地读书，而那时唯一联络的就是书信。我可以想象得到，父母看我书信时的情景——父亲手捧着信，一字一顿慢慢地读着，母亲也看着那封信，专注地听着；我还可以揣测到，父母那专注的神情里，是一种怎样的情怀。记得有一次，我在学校里偶然生病，病好后，我才写信告诉他们。没想到，一个大风的日子里，父亲竟然出现在了我的面前。当班主任老师告诉我，父亲在学校传达室等我时，我简直不敢相信自己的眼睛。一向身体就欠佳的父亲，气喘吁吁地站在我的面前，他的鼻子、眼睛、眉毛上都落满了尘土，脊背上更是厚厚的一层。那天的风特大。我无法相信，一向羸弱的父亲，是怎样在这样大风的天气里，赶了这二十多公里的土路，来到了这里。要不是父亲那见到我闪着喜悦的光的眼睛，父亲简直就是一个土人了。我鼻子一酸，眼泪都流下来了。

父亲见到我的第一句话就说："秀君，你怎样了？"父亲又继续说道，母亲看到信后，在家里一直在念叨我的名字。我真后悔，不该把生病的事情告诉他们，害他们为我担心。父亲为我带来了白面馒头。要知道，在那个年代，吃馒头是何等的奢侈啊！他说，母亲执意要蒸锅馒头给我带来，因此还特意去三婶家借了点面才凑够这一锅。

开饭的时候，我吃的白馍。而父亲执意吃玉米面窝头。那天，我同室的伙伴们也分别吃上了白膜。父亲说，这是母亲的心意，她说孩子们在外面苦，她心疼。

父亲那天下午就急急忙忙赶回去了。他的背影就消失在黄沙里。当我看到朱自清写他的父亲的背影时，我总会潸然泪下——天下父亲的背影是一样的。父亲就在那一年秋天过世了，从此留给我无限的思念和锥心的痛悔。因为也就在第二年，我高考落榜了，落榜的原因源自我散漫的学习状态。更让人无法原谅的是，我后来归结原因，都说是自己想念父亲过重，而散了心。多年以后，我才悔悟自己的不孝，愧对父母的一片爱心。

父亲去世后，母亲似乎变得更加坚强。她不但没让我辍学，还一如既往地鼓励我去学习，去奋斗。母亲的这种态度一直伴随着我。我知道，母亲最最认识的就是我的名字。当学校教师名单上有我的名字时，母亲欣慰地笑了；当我把嘉奖证书拿给母亲看时，母亲用手摸着我的名字，欣慰地笑了；当我把书稿给母亲看时，母亲用手抚摸着，就像抚摸着刚出生的婴孩一样，欣慰地笑了……

07 年的秋天，母亲突患脑血栓，一向利落能干的母亲，只好依靠一根拐杖艰难地行走。几乎每个双休日，我都会陪在母亲的身边。而每次去，母亲都是早早地倚在大门口，老远就叫着我的名字。头脑有些糊涂的母亲，算日子却是极准确的，她以“周”算日子，今儿星期几，明儿星期几，她常跟那些一起晒太阳的老人们说：“俺秀君再有几天就来了。”我想接母亲与我同住，几次三番地要求，而母亲总是拒绝，态度极坚决。一会儿说她在那里不方便，一会儿说她离不开她那个家，总之，她是不去的。我知道，母亲是心疼我，她不想给我添麻烦的。我心脏不好，母亲常常牵挂着我，有时候半夜里会叫着我的名字，常常害得哥嫂费一番口舌耐心安慰她。

如今，我的名字是母亲的精神支柱，是母亲的希望。实际上，母亲又何尝不是我的一切呢？

在我的心里，我一直在默默地叫着娘，默默地为母亲祈祷。我希望母亲不要像父亲那样离我而去；我希望每当我走入那个巷口，就会看到老母亲倚在大门口，嘴里不停地呼唤着我的名字；我希望母亲陪我多走一段人生路……

有娘的日子多好！

我要好好珍惜与母亲能够相伴的日子！

-2010 年 5 月 -

缕缕茶香，悠悠文情

我有两大爱好：喝茶，写作。

说起喝茶，可能是遗传。父母爱喝茶，尤其是母亲，极好“这一口”。于是乎，在我年幼时，便以茶作为点心。父母沏茶时，总要偷偷地捏一小撮放入嘴里咀嚼，很喜欢那种苦苦的味道。久而久之，便迷恋上了吃茶，父母很惊讶他们的茶会莫名其妙地少了许多。又不知什么时候，小小年纪的我，一边写作业，旁边还有一杯浓茶相伴。

人都知，年龄渐长，兴趣爱好也会不断更新和变换。而我，却自始至终都爱喝茶。

外地求学时，尽管家庭条件异常拮据，但是，书箱里总要带上一小包茶叶。舍不得喝，更舍不得吃。每当想家时，就会打开书箱，轻轻剥开一层又一层的报纸——那是妈妈亲手包裹的，里面露出一个精致的小铁盒子——那是父亲从单位带回家一直用着的，再从里面小心地取出用草纸包裹着的茶叶，双手捧着，就像捧着一个刚要出壳的小鸡，把头俯下去，用力深深地吸一口，一股清香透过纸包穿过鼻翼，沁入心脾。啊，好醉人，好温暖……

出嫁时，陪嫁的茶壶茶碗盛满了茶叶；爱人出门带回来的少不了茶叶；亲朋好友慷慨解囊相送的也是茶叶…… 饭前喝茶，饭后还喝茶；工作时喝茶，休息时还喝茶。不管是红茶、绿茶，还是其他什么茶，我是来者不拒，统统“拿下”。如果说这一天让我绝食，我会答应你三天都行；如果说让我一天没茶喝，我会说那是真正地要我的命。

尽管“嗜茶如命”，但是，我却一直不大懂得“品”，只喜欢“喝”，多少都有点亵渎了这“清高之物”啊！

“写作”，这个词似乎过于专业了，而我呢，断断不可用这个词，只是爱写之人，信手“涂鸦”而已。

说起我的“写”来，也是“历史悠久”了。大概从我认字起，就开始胡拼乱写起来。父母惊喜的目光是对我的鼓励；一张张参赛作文奖状是对我的褒奖。那个时候，大我几个年级的哥哥的书包便是我的主要“淘宝”对象，哥哥常常会因为上课时找不到书本而回来怒斥我。那个年代，家里藏有多本小人书便是向小伙伴们炫耀的资本。而我不知不觉中，便成了小伙伴们崇拜的对象，同时也是被攻击的对象。因为我爱书如命，谁也别想从我的手里借走一本书，只能在我的视力范围内和严密的监控下看书。

我真正的写作是从五年级的下学期开始的，其方式便是写日记。从此，便一发而不可收，养成了一种癖好——如果有天不写，就像少了些什么，坐立不安的，觉是无论如何也睡不安稳了。

我写作毫无章法，看到哪，写到哪；想到哪，写到哪。诗词歌赋、散文小说、读书随笔，啥都涉猎，啥也不精。懒于投递稿件，报纸杂志所登寥寥无几，“家私”却富足得很。尽管如此，兴趣使然，优哉游哉，乐此不疲啊！

不过，千万不要以为我视写作为“玩”啊，我是很认真的哟！名家、好友，凡我一字之师者，我皆敬之，并认真学习，虚心请教的。我的底线是，每一篇作品都必须是用心来写。不是有“十年磨一剑”之说吗？我天生愚钝，就用我的一生来磨这一剑吧！

我不知别人相信不相信灵感，我是极信的。灵感来的时候，那种势不可挡之势，不由你不去疾书。灵感和我相约越来越有规律，常常选择在深夜。晚上十点半后，我就会处于一种高度的兴奋状态，思维敏捷、思路清晰，那些文字就好像自己在行走。你的手像被什么控制着，不停地写啊写啊，容不得你有片刻的怠慢和慵懒。直到手酸得实在是无法再敲击键盘了，而嗓子里像是堵了什么东西，想要呕吐。我知道，这个时候再也不能坚持了，必须休息。此时，时钟已经指向了凌晨三点或四点了。有时候，我自己也很惊异。但是，我喜欢这种感觉。

只可惜，我不具备“夜战”的条件。白天，我要工作，不可能凌晨四、五点休息一直睡到自然醒。因此，我常常盼望节假日，又常常幻想突然国家改制，把退休时间提前了。能够用于我写作的时间真的太少了。除了工作之外，每个周末我都要去陪伴患脑血栓的母亲，这是我必须做的。做家务，照顾丈夫和孩子，也是我义不容辞的责任。尽管如此，写作，始终是一件令我乐此不疲的事情。

杯杯浓茶，散发着缕缕清香。

行行文字，注满了真情，充溢着快乐。

-2010 年 6 月 -

父亲，一个抹不去的符号

曾读过无数篇有关描写父亲的文章，有的将父亲描绘成心目中的一座大山，那座大山是子女的坚实依靠；有的讲述了自己与父亲的恩恩怨怨，最后会以愧疚之情来写出父爱的深沉与无私。而我心目中的父亲，在若干年前，竟是一个符号，幼稚轻狂的我，竟幻想能有一块奇特的橡皮，能把“父亲”二字在我心目中抹掉。

父亲离世时，那时我刚好 16 岁，正读高中二年级。当众人把父亲掩埋在那一抔黄土中时，已经不算小的我，并没有作为儿女的那种正常的悲戚。我漠然地搀扶着母亲回到家里，看着母亲由于悲伤而瘫坐在床上，我竟然说出了这样一句安慰母亲的话：“娘，爸爸走了就走了吧，从此咱们就可以过太平的日子了！”母亲抬起头，眼睛里射出的是怨毒的目光，吓得我赶紧走出了房间。

在我的记忆中，父亲有两样事情在做，一是大声地骂人，一是拼命地咳嗽。母亲整天就像一头老黄牛一样，起早贪黑地劳碌，从生产队里挣来的那点东西，好吃的都给了父亲吃，钱也全部给父亲买了针药。而终究不见父亲有和颜悦色的那一天，总是见到他横眉竖目地在骂母亲。我有一个比我大 8 岁的哥哥，经常挨父亲的打。父亲倒是没有打过我，但是挨骂却是我的家常便饭。

父亲原来在县里的水利局工作，后来可能是因为生下我的原因，就到了农村。大概在我四五岁的时候，父亲患上了严重的肺结核病，吃药打针都不见好，渐渐身体越来越吃不消，生产队里的劳动他无法参加了。父亲写一手好字，并且人长得也很帅，这点我不否认，因为从父亲留下的过去的信笺以及照片便可证实。我的叔伯们还说父亲是个能人，但是直到父亲去世，我并没有见到父亲的一丝能耐。

父亲脾气暴躁，这是我一向惧怕又反感的。记得在我很小的时候，我迷上了看小人书。家里生活相当拮据，但是我会想方设法去买小人书。当时小人书的价钱并不是太高，多的二三毛钱，少的几分。对于我看书，父亲并不是绝对地反对，甚至还有一回在我发高烧的时候，冒着漫天大雪为我买回来了两本画册，一本《红灯记》，一本《董存瑞》。那个时候，我突然觉得父亲可亲起来。我掀掉被子，跳下炕，非要为父亲去拍打身上的雪。父亲的手很凉，他把我重新抱到炕上，为我盖好被子。

但是，父亲做出的另一件事情，却让我恨起他来。母亲给了我两毛钱，让我打一斤酱油和一斤醋。当时，酱油每斤一毛三分钱，醋每斤七分钱。到了供销社，我自然是先到卖画册的柜台，隔着玻璃往里看，那些花花绿绿的画册就像魔石一样吸引着我，我的小脑瓜里也就打开了“小九九”。终于，我把酱油和醋各减了半，买了一本六分钱的《西门豹》，剩余的四分钱自作主张买了四块水果糖。我想，我把这糖给父亲吃，他就不会责怪我了。当我手心里举着这一块糖给父亲时，没想到父亲暴跳如雷，竟然喝令我，让我把糖扔进猪圈。我哭着看着母亲，母亲告诉我快扔，我不情愿地把糖投进了猪圈的粪水里。父亲余怒未消，劈手从我的怀里夺下那本《西门豹》，扬手扔到了猪棚上。父亲大声骂着，我小声哭着。我记不清父亲在骂什么，我只记得一边哭，心里一边想：为什么让他做我的父亲？

我读书比较争气，每年都会拿回“三好学生”奖状。20 世纪六七十年代的“三好”实际是“五好”，即“德智体美劳”全面发展。劳动在学校课程安排中，占了半数。学校有实验田，翻地、播种、管理、施肥、浇水、收获等都由学生来完成。乡村里的学校有麦假与秋假，学校会安排勤工俭学。麦假里，要捡拾麦穗；秋假里，要割青草、拾蝉蜕、捡粪等。缴纳都有一定的数量，开学时老师要验收。我的劳动数量总是完不成，尽管母亲总是帮我，但是到开学时，我常常吓得不敢到学校去，怕挨老师批评。开学，也是我最难堪的时候，几乎每个开学的日子，父亲都会把我提溜到学校去，然后与老师大吵大闹一番。父亲很会吵架，每一次都会让老师向他说好话。越是这样，我心里越是不安，反而怨恨起父亲来。觉得父亲不给老师面子，就是自己不尊重老师，将来老师还不一定会怎么样看自己呢。想到这些，心里是更加恐惧，对父亲的怨恨会更大。

在中学里，我拼命读书，为的是能够考上师范或是高中，那样就可以离开家，离开父亲了。我很羡慕我的左邻右舍，他们的家里从来没有争吵的声音，而我们家就从来没有安宁的日子。后来，我终于如愿以偿，考上高中住校。我离开家的时候，父亲竟泪眼盈盈的，说话也有些哽咽。但是，我很高兴地走出了家门。

学校规定，学生每月回一次家。而这每月回家的间隙，父亲竟然都有一封信寄过来。每次看到父亲的信，我并没有多少的喜悦，看过后就把信丢掉。有次，我病倒了，放月假的时候没有回家。就在周一临近中午的时候，父亲竟然来学校看我来了。我红着脸把父亲领到宿舍，他那个时候咳得正厉害，身子佝偻着，一边走一边咳。黑色的大棉袄上落满了尘土，眼眉上也是，流出的鼻涕沾在胡须上。父亲是个爱干净的人，看到他这个样子，我有些心酸。

从家里到学校，路程有二十多公里，全是坑洼不平的土路。那天东北风刮得很急，后来听母亲说，父亲的痔疮病也在犯着。真的不知道，他是怎么样骑着自行车来到学校的。当时，父亲的到来，并没有带给我多少的欣喜甚至安慰。父亲非常有礼貌，与我的任课老师坐在一起，彬彬有礼地谈着，全没有他以往的那种霸道与野蛮。开饭的时候，我与同室的同学分吃了父亲特意带来的白馍，而父亲执意吃玉米面窝头。父亲告诉我，玉米面窝头可以抑制咳嗽，我便相信了。

父亲怕耽误我下午上课，吃了饭就提出要回去。我也不知道说什么，就送父亲出校门。父亲边走边嘱咐我，让我一定要多吃，不要省着。父亲这次给我带来了几斤粮票，他说咱家里还有，等我回去了再带些来。并且父亲还跟我说，他不久就到县里去工作了，每月能挣 27 元工资，到时候我每月 9 元钱的生活费就可以不用母亲出去借了。

外面的风依旧很大，中午的太阳都躲进了云层里。父亲看着我重新走进校门，他才肯离去。那个时候，我还是忍不住又跑回到校门口。父亲并没有走远，他推着车子走，身子向前佝偻着，我可以感觉到他在一直咳。父亲停住了，他突然向后转了身。我赶忙躲起来，不知为什么我不愿让他看到我。等过了好长时间，我再次探出头去，看父亲离去的方向。只有黄土满天，早已没有了父亲的影子。

父亲的到来，还是给了我莫大的温暖。那个时节，我想，父亲也许真的就改好了脾气呢！很快，我们升入了高二，并且我报了文科班。

整个秋假里，我都在家。而父亲的脾气，却越来越不好。他骂人的力气没有那么大了，但是非常爱唠叨，几辈子的事情都会在他嘴里反复地说。父亲咳嗽得不是很厉害了，母亲说父亲这半年咳嗽见好。当我问起父亲到县里工作的事情的时候，母亲说是哥哥不让父亲去。理由很简单，哥哥担心父亲的身体。因为这个原因，哥哥没少挨父亲的骂。

突然有一天，父亲总是跑厕。母亲与哥哥便拉着父亲去最近的镇医院看病。医生也没说出什么来，只是给开了些药。父亲跑厕的次数更频繁了，以至于最后瘫痪在床。我们想带父亲去大医院治疗，父亲不干，大骂着："看啥看？这是阎王爷招我呢！我早就受够阳世的罪了，该走了！"此后，父亲的身体每况愈下，最后连说话的力气都没有了。父亲，终于在我开学前一天的凌晨，离开了这个让他恨、让他怨的世界！

在我参加工作的那一天，母亲拿出了一封信。母亲说，这是父亲留下的。父亲嘱咐母亲，等我参加工作的时候，拿给我看。母亲不识字，带着期待看着我把信打开。没有想到，信封里只有一张白纸，上面任何字都没有。多年以后，我才理解了父亲留下这张空白信笺的用意，他不想留给我太多，他想让我从心目中抹去他的这个角色。实际，父亲有千言万语想对我说，他可能要写他是多么爱自己的儿女，他可能要向儿女表达他的歉疚，他可能要嘱咐我们好好照顾我们的母亲，他也可能要告诉我们他过去的一切。但是，父亲一个字都没有写，只留给我这张空白的信笺。

父亲，在我心目中，是一个永远抹不掉的符号。

-2015 年 1 月 -

时间魔方

读毕飞宇的《我读<时间简史>》，脑海中无法抗拒的反复重叠着这样的画面，我与华坐在飘驾驶的汽车里，不知方向感地向前行驶，坐车人的忧虑与开车人的纠结，相互提醒但又执着地对抗着。当目的地终于明朗地出现在眼前，激荡在胸口的那种如释重负，又是多么的舒坦与放下啊！

被这种心理强烈地揪扯着，不得不去追忆，用自己当时的话就是“情景再现”。

3 月 14 日晚，同学们去市园博园游玩，大家的心情可以与园内美丽的彩灯花卉交相辉映，更鲜于那怒放的铁花的火辣与热烈。那晚的春风是何等的和煦，拂在面上柔爽而亲昵。游园后，围坐在渔家餐馆，品尝着地道的家乡味道，忆往昔，看面前，满足与珍惜尽在一切美好中。

我和华坐在飘的车里，餐馆坐落在大路西侧，出餐馆，家的方向是北方。车子需南行再转向北，便有了那年出衡水湖东门南行转北的似曾相识。当车子一直向北，飘的一句“这个方向应该对了吧？”让我与华瞬间陷入了紧张中——莫非飘又迷了路？！一样的开车人，一样的坐车人，不会再有当年的情景再现吧？

那是 2016 年的正月十六，同学们相约看衡水湖灯会。游园完毕，我和华坐在飘驾驶的车里，出东门，飘便一直向南开去。我与华惊呼方向错了，在我俩的坚持下，飘转弯向北行驶。尽管车子向北开，但是飘的脑海里一直认为这是向南开。驾驶员的方向转不过来这是要命的。当华告诉飘她的家快到了，需要从哪个街道转过去时，飘很茫然，以至于把车开到了人行道上。飘小心翼翼地开着车，犹如盲人摸象般，总算把华送到了家。但是，飘的脑海中一直没有呈现出他熟悉的街道，他只不过听从了我与华的建议。

接下来送我的一段路程更难，飘的大方向迷失了，可想而知建议他往哪个方向开是多么艰难。当我们的车开上外环桥，完全可以左转一直走时，飘执拗地把车头右转了，他认为那个方向才是对的。我急了，他也懵了。停下车，飘走出来，慢吞吞地抽了支烟，让自己镇定了下，终于听从了我的建议，把车来了个180度大转弯——尽管他心里并不认定这个方向是正确的。车子试探着向前开，飘终于明白了方向。但是他的困惑让我不敢相信他真的把方向转过来了，我担心他送我到家后到了冀衡大道是否按回家方向开。在我的担忧中，飘开车回家。这时，华的电话打过来了，她也担心飘回不到家。半个小时后，飘的信息过来，他到家了。我与华的心才算放下。

事隔两年，情景真的再现了。一样的看灯会，一样的坐车人，一样的开车人，一样的迷失方向。好在这次飘很快就认清了方向，尽管在岔路口差点儿开过了。

“在经典广义相对论中，因为所有已知的科学定律在大爆炸奇点处失败，人们不能预言宇宙是如何开始的。宇宙可以从一个非常光滑和有序的状态开始。这就会导致正如我们所观察到的、定义很好的热力学和宇宙学的时间箭头。但是，它可以同样合理地从一个非常波浪起伏的无序状态开始。那种情况下，宇宙已经处于一种完全无序的状态，所以无序度不会随时间而增加。或者它保持常数，这时就没有定义很好的热力学时间箭头；或者它会减小，这时热力学时间箭头就会和宇宙学时间箭头相反。”

这是霍金《时间简史》第九章《时间箭头》里的话，毕飞宇选择了这段，我也选择了这段。似是而非，似懂非懂，这就是我们每天生活的定律。

两年的时间里，发生了太多的事情。2016年看灯会后的一个月后，我便被查出十二指肠癌，从此我告别了讲台。经过了生死，才知生死的平等。如今，我更加豁达，更加珍惜。爱我的人，我爱的人，我所遇到的一切人与事，皆为缘分，时间就是上帝。两年里，同学的孩子生儿育女，我们为新生命庆贺，同时也是在庆贺我们的人生。同学的孩子结婚了，飘的孩子也结婚了。新的家庭组合，除旧迎新，绵延生息。华的住址变了，这次去送华，不一样的街道，不一样的小区。时间给予我们的一切，时间也改变着我们的一切，时间就是上帝。

心存善良，人之本源！心存感念，福祉之源！珍惜我们拥有的一切，便是我们的快乐之源！

-2018 年 3 月 -

枣香·莎莎·离情

我家的院子很大。

院中除种着各种各样的花草和应季的蔬菜外，还有几棵大大的果树。什么桃树啊，石榴树啊，苹果树啊。枣树倒是只有一棵，就在院中的东南角上。那枣树在我孩子小的时候是我亲自栽种下的，是这园中果树的元老。

这棵枣树枝繁叶茂的，每年上面都要结满枣子。这棵枣树的与众不同之处，是最近几年每年都要长两茬枣。每年春天，嫩叶长出的时间要比其他枣树早十来天，花也早，结果子自然也早。在第一批茬枣长到花生米大小的时候，就又开出一层枣花。等到第一茬枣子采摘完毕后，第二茬枣子又如花生米大小了。这一茬枣，中秋节过后正好采摘。那时的枣儿极甜，凉凉的，甜丝丝的。

突然很想念我的莎莎，我的莎莎就被埋在这棵枣树下。莎莎是一只狗，一只在外人看来极普通的牧羊犬。

我的莎莎离我而去，已四年了。因为当时的痛苦，我把所有关于莎莎的照片都毁掉了。只说在心里永远记住她，她的影像不会消失掉。但是，却不知每当想起莎莎时却要在记忆里狠命地拼凑。拼凑她的头，拼凑她的眼睛，拼凑她的毛发，拼凑她的性格。总想把那个乖巧伶俐的莎莎活灵活现起来，但已是永久的记忆了。慢慢地，她也会消失在记忆的长河里。

在《我的爱犬》里，我曾经把莎莎和莎莎的妈妈写在了一个章节里。那时的莎莎是健在的，谁也不曾想到，她就在一年后，走了。带着那满脸的遗憾走了。我非常难受，所以一直没在那个章节里添加莎莎的离去，只想在我的脑海里留下一个活活的莎莎。但是，莎莎毕竟已去。虽然我时常会想起她，不如说，根本就没忘记过她。但是，像如今如此强烈地想念她，那种内心的相思情感，连我自己都迷惑，不知是什么缘故。

那日，我和爱人都没在家。在家的只有女儿。突然，女儿打电话让我们赶快回家，说莎莎不知怎么了，她很害怕。我们放下要办的事情，匆匆往回赶。到家时，女儿正站在门口，她说害怕，害怕莎莎的那种样子。

我赶忙找寻莎莎。只见莎莎正躺在院落的一角处，嘴边有好多的白沫。眼睛里没有任何的精神，只是一种痛苦和无奈。她的头使劲向后仰，一抽一抽的。我用手去抚摸她的脖颈，硬硬的、挺挺的。这到底是怎么了？是不是药物过敏？

爱人立即拨通了宠物医院的电话。

莎莎昨天就有些拉肚子。今天一早爱人带着她去了医院，在那里输了液。莎莎是自己跑去的，也是自己跑回的。回来后还很欢。大夫说没什么大病，只是普通的肠炎。看莎莎的症状也是快要好的样子。于是，我们就很放心地出了门。

据女儿说，她正在屋里看书，就见莎莎匆匆跑进来，仰着头，向女儿发出了两声“呜呜”声。女儿很害怕。然后莎莎就回到了院子里。在院子里很不安地转着。我们根本不会想到她会得狂犬病，因为从小到大我们都为她注射着狂犬疫苗的。

医生来了，看了一下，就打了解药针。虽然他没承认是药物过敏，但是从他的言谈中，我们敢肯定莎莎就是药物过敏。

莎莎的身体不住地抽搐着，眼睛瞪得大大的。

天上下起了小雨，我的眼泪也顺着雨水下来了。

我们把莎莎放到了门洞里。莎莎的眼睛一直看着我。我用手抚摸着她，就是想为她减轻一丝的痛苦。我好后悔，不该一早就催着爱人去带莎莎看病。爱人本来是不愿去的，他说没什么大碍，吃点药就会好的。我却很固执自己的想法，结果却害了她。

莎莎的身体在渐渐变凉。但是她还有一丝气息。我细心地捋着她那亮亮的皮毛，跟她说：“莎莎啊，是我害了你呀！我的固执，让我那么相信那些庸医。而为了面子的我却不肯去为你讨回个公道。莎莎啊，你的善解人意，你的乖巧伶俐，却要带着这些离开我了，我怎不心痛？从你的降生，我看着你慢慢长大，你成长的每一步都给我留下了如此深的印象。尤其是你那会说话的眼睛，还有那根据不同的情况就发出不同的声音，多招人喜爱。唉，我的莎莎呀，看着你痛苦的一步步向死亡走去，我却无能为力。你好好走吧，我会好好葬你的。”泪眼婆娑中，莎莎的头好像动了一下，那睁大的眼睛望着我，一滴泪从眼角流了下来。我好震惊，都说人在告别人世时，都要落下辞世的泪，难道狗儿也是这样么？那滴泪顺着她的脸颊流下来，慢慢地滑到了嘴角，停住了。

我呆呆地看着莎莎，看着她那还睁得大大的眼睛。她不甘心啊，她不愿离开这个世界，她不愿离开这个家，更不愿离开与她朝夕相伴的主人。我看看莎莎的妈妈，她就在那里（她是被铁链拴着的）面无表情地看着我们这里。她大概还不知道发生了什么。

爱人就在那棵枣树下挖了一个大大的坑。我扯掉了一个大沙发上的所有用品。把那厚厚的沙发垫铺在了坑底，然后把莎莎放上去。莎莎爱干净，也爱睡软的东西，我想她躺在这软软的垫子上一定不会难受的，我为她做的仅此而已。在莎莎的身上，我把沙发巾盖了上去，严严实实的。莎莎被掩埋在黄土下。

自此以后，我常常站在枣树下发呆，总想莎莎会从里面走出来。在梦中也经常梦到莎莎，但是睁开眼却哪里有莎莎的影子。莎莎的妈妈倒也没显出什么忧伤，只是偶尔地“呜呜”几声，鼻子嗅着，像在寻找着什么。

枣树花开了一年又一年，上面的红枣结满了枝头。那又圆又红的枣儿透着诱人的香甜。我的莎莎就长眠在这棵枣树下。也许，莎莎已经没有遗存了。每每想到此，便会一阵心痛。

去的总归要去的。来的总归要来。

人也是如此。匆匆而来，匆匆而去。都说人生苦短，真的如此。在人的一生中，不知要经历多少风风雨雨，不知要面对什么样的磨难。人的一生，也不知要做多少事情，不管是自己情愿的还是不情愿的。或做好，或做差；或做对，或做错。

总之，不管怎样，只要认认真真地对待，珍惜生命历程中的每一刻，恪守职责，无愧于天地良心，便不枉一生的劳顿。

又见枣儿缀满枝头，虽然还清清绿绿的，但是我已嗅到了那甜香。我的莎莎也正摇着尾巴，欢快地向我奔来……

- 作于 2009 年 7 月 -

“独自斟饮”

不晓得老同学为什么起网名叫“独自斟饮”，是因为想远离尘嚣自己给心灵一个放松的空间，还是嫌太过于喧闹而追求一种宁静？是因为自己走不出自我狭小的空间而郁闷，还是觉得浮华的背后是无助的孤独？不管怎样，我只知道我的这位老同学是个商人，也可以说是一个能人。虽然我们相距不远，但是自从2008年秋天的一次公交车上相遇，他说去任丘，还没有聊上几句，他便匆匆下车，直奔火车站而去。此后，再未谋面。

不经意中，老同学竟然加我好友，起初我并不知道这所谓的“独自斟饮”是他。几经拒绝再请求，方加为好友。而好友之间的对话只不过是礼貌上的“您好！”“认识您很高兴！”。我上QQ大部分是隐身，如果要写一些东西绝对是不上QQ的。并不是我这个人的孤傲和不热情，而是我的时间很紧张，我不希望把宝贵的时间消耗在无聊的“客套攀谈”中。

突然有一天，“独自斟饮”跟我说，他知道我住哪里，并且要请我一起吃饭。这让我很是吃惊，他又很诙谐地说：“我跟这个人很熟，发给你一张照片，看看认识不？”没等我做出反应，对方的照片已经发了过来。原来是他，我的老同学。他说他经常光顾我的空间，都是从别人那里过来的，他没想到我写文章写得那么好。

“客套话了！老同学，谁不知道谁啊，还用得着这么夸赞吗？”

“是真的，我这绝对不是客套话。”他一本正经地说。视频中的他很富态，一看就是老板的样子，并且说话极豪爽，以往的那种爽朗的笑声依然没有改变。

我们谈话的内容并不多，一是我不大上线，二是他给人的感觉总是很匆匆，像是忙碌着什么，有时候还会觉得他像喝多了酒似的。尽管这样，在这只言片语中，我还是隐约感觉到他心中有丝丝的孤苦和无奈。

像我们这个年龄的人，孩子问题、老人问题，已经像两座大山一样压了过来。他的父亲也病了，并且还很严重，因此常年在外奔波的他，不得不常往家里跑。也许是他经常有应酬的缘故吧，每次总会跟我说上这么一句“我请你吃饭！”

周末，他终于兑现了诺言。说起来还有些戏剧性，我正好去市里办点事，碰到了，自然就会直言不讳。我说：“老同学，你这饭啥时间能让我吃上啊？”

“今天，现在怎么样？”

就这样，办完事情后，我便随老同学来到他的办公楼上。没想到，老同学竟然会做工夫茶。我是偏爱喝茶之人，却做不来工夫茶。他一边麻利地做着，一边说：“这没什么的，很简单。”没想到，一个忙碌匆匆之人，做工夫茶竟能那么淡静细心，这也许是给他的一种调节心态的方式。

房间上空，弥漫着普洱的清香。毕竟是老同学，没有拘谨，更没有客套，有的只是随意的话题。这个年龄的人，哪一个没有艰苦奋斗的历程？苦水伴着泪水的日子已经让流逝的岁月湮没，有的只是对生命的珍惜。

是啊，每个人都充当着角色，不管是情愿的还是不情愿的，都得担当起来。责任是扛在肩上的，不管是你扛得动还是扛不动，都得尽力去扛。看破了红尘，磨平了棱角，学会了承受，更学会了咀嚼。这生活就如自己站在一面镜子面前，你冲他笑，他就会呈现给你一张阳光灿烂的笑脸。岁月带给人更深的感悟便是平安是福，珍惜当下。

老同学在做一项铁路工程，固然有困难，但是从他的镇定神态中，看到的是成熟和稳重，生活已经磨砺出了他的坚忍和勇往直前。成功与失败对于他来说并不意味着什么，那只是人生路上一道极普通的风景线。是啊，生活不就是由这无数的风景线才变得丰富多彩吗？

老同学和他的爱人，还有我的同事，我们共进晚餐。菜无需丰盛，酒无需品味，有的是那种质朴的情怀，有的是那种理解和包容，有的是那种逝去经年很想找寻到的纯真和稚幻。

聚会难得，不是因为工作的忙碌，而是心灵的不肯放松。

“独自斟饮”，原来这个网名更多是一个男人的担当，我略有所悟。

-2012 年 5 月 -

睡在对铺的小老弟

第一次出远门，并且是一人要到相隔几千千米的广西去，着实让人有些胆怯。但是，毕竟是非去不可的事情。只得收拾些必备的东西，在老公的千叮咛万嘱咐中，怀着惴惴不安的心情上路了。

由于路途太远，加上接到的通知时间太紧，只买到了晚上 9 点 45 分的硬卧上铺票。好不容易等到列车进站，跟着匆匆的人流，挤进那车票标识的位置。幸好，卧铺车厢里的灯还没熄。寻找到自己铺位，就在那最上层。我没出过这么远的门，也没坐过卧铺。只听老公说，这么远的路途，睡卧铺还舒服些，少受些罪。

我把装杂物的提包放到了火车架子上，然后背着那个不能离身的包攀爬上铺。铺窄，扶手也窄。两边的中铺和下铺已睡着人。真的不好上哟！这比在学校时攀爬铺位难多了，那种铺子起码比这个要宽敞得多。

好不容易爬了上去，“梆”，还没等我反应过来是怎么回事，头就重重地磕在了车厢顶上。这个顶子太低了，和铺位也就只有二尺吧，反正是坐不起来。我不禁在心里笑了起来——怪不得叫“卧铺”呢，原来就是只能“卧”，而不能“坐”啊。人平躺在铺上，右面挤着自己的包包，左面胳膊紧贴着床栏，也是时刻在提醒自己千万不要翻身，否则就会有坠落的危险。天热，加上紧张，躺下时，已是一身的汗水。

车启动了。乘务员要求换票。又是很艰难地爬起来，从包里取票、放票。10 点 30 分，车厢内熄了灯。然后只是感到车隆隆地响，身子底下在不停地震动。本来离开家就很难入睡的我，此时又怎能睡得着？除了火车的震动声外，还有左右中下铺的鼾声。借着车内微暗的灯光，我的对铺没有人。于是，我把那个床上的枕头拉过来，垫在自己的头下。这样舒服多了。

老公经常出门，一路来一路去的，我还以为他是多么美的差事呢，现在看来真是受罪啊！

正思忖间，对铺有人在往上爬，他的头也被重重地撞了一下。他“哎哟”了一声，埋怨道：“好小子，怪不得你不睡上铺呢！”

我忙把枕头给人家放回去。顺便问了句：“刚到么？”

“刚才在那边和同伴吃饭聊天了。”

他躺下来，拿出手机就开始打电话：“喂，孩子睡了吗？我上车了，卧铺。你好好照顾孩子，照顾好自己。别的事就不用管了。”

听意思是打给爱人的。听口音很像衡水人，并且是我读高中时的那个地方的。于是，我便问道：“你是衡水人吧？”

“是啊，你是？”

因为我说的是普通话，他没听出我是哪里人来。我说：“我也是衡水人。”

“是吗？”他感到了惊喜。他说他是衡水哪里人，说的正是我读高中时的那个地方。想不到，世界真的是太小。在车上居然遇到了这么近的老乡。

我们两个攀谈起来。原来我们还是同学呢。只不过我要长他三个年级。

这个小老弟非常健谈。

他今年 40 岁，在本地开了一家工厂，这次去南宁，朋友介绍过去的，要考察一下投资的项目。

我们东拉西扯，就像多年不见的老朋友，很默契。

当我回答完我只有一个孩子，而反问他时，他却笑了起来。他说：“你猜猜！”

“不是一个就是两个呗！”

“不对。我四个。”

“啥？四个？计划生育没罚你吗？”

“没呢。偷着的。三的、四的是龙凤胎。才一周。还藏着呢。”

“哦，不用说，大的，二的是姑娘了？！”

“是。大的已经读大学了。二的也读高中了。”

“你结婚够早的。呵呵，早婚早育还超生。”

“没办法，命苦哇！”

我戏谑道：“高兴的吧？”

“你年纪轻轻的，怎么这么重男轻女呢？”

“起初我也不看重这些。觉得男孩女孩一个样。后来看一些只有女孩的家庭，招来了上门女婿很不尽人意。虽然说是一个女婿半个儿，但是这个儿毕竟不是自己的，捧着哄着的，说不好就会跟你翻脸，不认你。甚至女儿也跟着受拖累。所以啊，我就想，得有自己的儿子。儿子还是自己的好。”

他欠起身，斜着喝了些水，说：“真不得劲，喝水也别扭。”

他又重新躺下，接着刚才的话题说：“我这儿子啊，到头来还不知能不能得济呢。等他大了，我也就七老八十的了。咳！”

听他一声长叹。我笑笑说：“你没听说过吗？老子就是得小儿的济嘛！你想想，等七老八十的时候，大儿子也五六十了，他也有病了，他还能照顾得了吗？还不是让小儿子养？”

“对对对！”小老弟一阵的称赞。看来是说到他的心坎里去了。这人啊，总愿听些自己爱听的话。

他说：“我得好好拼几年了。上学的上学，还有这两个小的。”

“呵呵，能者多劳嘛！你看，我们养一个孩子还养不起呢！”

“大姐，别取笑我了！”

“我说的是真心话。有压力就有动力嘛。孩子们需要你去抚养，你就必须尽职尽责啊。我们负担轻，也就松懈了下来。”

“要不我说自己命苦呢！呵呵！”

突然，小老弟一本正经地说：“大姐，可不要给俺说出去啊！”

“哈哈，我又不知你姓甚名谁。再说，我说那个有意思吗？”

“哈哈，说的是。”

我们就这样谈啊，说啊，眼皮打起架来。

一会儿，小老弟的鼾声便吵醒了我。下铺的鼾声还是此起彼伏。

我在想，这人啊，活得很累。就像小老弟说的，累得都不知是在为谁活着。

实际上，前世、后世，世世相传。那种观念，那种思想，那种境界，以及那种亘古不变的传统，铸就了中国人一辈子都在为子孙打拼。子孙又为子孙一辈子打拼。生生不息地延续着古老的中华文化。

超前意识能够接受，超前享受却很难苟同。这不仅让我想到了这样一个故事：一个中国老太与美国老太死后在天堂相遇，互相倾诉。美国老太说她年轻时买了房子，直到死时才将房贷还请，一辈子都搁在还债上了。不过，倒是住了一辈子的房子。中国老太说她这一辈子就想拥有自己的住房，于是攒了一辈子的钱，可房子刚买上，住了一天却死了，多遗憾的事。结果是一样的，拥有了一套属于自己的住房。但是，这一生的过程却大大不一样。这一生的生活质量也不一样。

我也是极传统的。哪种生活态度的取向观，我不敢断下结论。各国度有各国度的生活方式，个人有个人的生活方式。只要自己觉得这一生，活来无憾，就没有什么可奢求和抱怨的了。

-2009 年 6 月 -

凤雏归去

我不知为什么人们管他叫“凤雏”，是因为他的聪明？还是因为他那一张能说会道的嘴巴？还是因为他的名字里有个“凤”字？总之，“凤雏”这个雅号一直相伴着他，即使不知道他的真名姓的人，一提到“凤雏”，也便知是谁了。

今天凤雏带着他自己，归到极乐世界去了。我想，他是笑着的，因为在我们的心里，远不像与他道了永远的别。好像走到哪里，都应该是他的世界。一个永远很会开心的凤雏。

凤雏是我们的一个退休老教师，岁数并不大，刚刚古稀有二。

凤雏生前曾经跟我们调侃，说等他有一天去极乐世界的时候，一定要给他送一个大大的花圈，因为他喜欢花，做鬼也要在花丛中。这虽是玩笑话，并且已经时隔了数年，我们还是遵循了他的“遗嘱”，在花圈店里挑了一个最大的花圈，摆在了他的灵前。

一

初识凤雏，是我刚刚参加工作不久，大概是 27 年前的事情了。是在乡里的一次茶话会上。本来这样的茶话会我是没资格参加的，因为我们校长有事，所以便派了我去。

会场是在乡里的一间大办公室里。大长桌子上摆满了糖、瓜子。老师们分坐在两旁，大概是三排吧。我坐在最后的一排上。正位上分别坐着乡里的领导和学校领导。这是乡领导和老师们的座谈会，主题是谈谈本乡的教育。

先是学校领导谈话，后是教师发言。听来听去，无非是感谢乡领导对学校教育的大力支持，并且个个表示，今后拿出最好的成绩向乡领导汇报。掌声也随声附和。

“我说两句啊！”一个洪亮的声音响了起来。我的目光一下子集中到了那个人的身上。这是一个中年男人，中等个，瘦瘦的，脸上瘦得只能看见那一双大大的眼睛。他坐在第一排，说话时站了起来。领导友好地示意他坐下说话，他说：“我还是站着说吧，这样舒服。我说说我所在的那个学校——俺们小学。”他顿了顿，用目光环视了一周，他的眼睛好大好亮。“这俺们小学的校舍，不客气地说，真是一个名副其实的花果山水帘洞。本人姓孙，咱就是那个‘猴王’”。下面的人在“嗤嗤”地笑。乡长面无表情地看着他。

“为什么这么说呢？教室前后的窗户没有窗扇，一年四季风调雨顺。屋顶透光、透气。每逢下雨天，从上到下就拉成了水帘子。你们不知道，我前面没有凳子，一个大石磙子就是我的交椅。下雨的时候，我就蹲在石磙上，给孩子们讲课……”他一边说着，一边比画着，逗得人们笑的声音更大了。

“啪！”一个巴掌拍在了桌子上，紧接着是一声怒吼：“纯属演义！”

我的心提到了嗓子眼。顺着声音看去，只见乡长怒视着他，脸色铁青。

凤雏也把嗓门抬高了八度：“石乡长，我说的是事实，您可以去调查。”

学校领导和其他领导赶紧出来解围，嘴里无非又是一些领导太忙，问题得一个一个的解决。

“纯属演义”这句话，从此，人们见到凤雏便挂到嘴上。这并不是取笑凤雏，而是对他的褒赏，因为只有他说了实话。

我也相信凤雏说的是事实。因为我所在的学校，条件是一样的差。教室里的水泥桌子东倒西歪，地上坑洼不平。更令人担心的是顶在教室里的那两个弯曲的木头柱子，让人总觉得随时都有折的可能，生命随时受到威胁。

后来从别人的嘴里，我才知道他就是凤雏。

二

记得有一次我到小学部去，正好赶上满屋子里的人都在听凤雏讲笑话。原来凤雏在拿自己的老婆开涮。

他说，他吃了晚饭出去玩。老婆在家等得急了，便出去找。把他揪回家后就都睡下了。第二天起床后，凤雏出去担水，发现老婆的裤头在胡同里，便顺手掖在一个背旮旯里。担水回来后，见老婆还在屋子里东找西找，急得团团转呢。他便故意问老婆找什么呢。老婆可不怕凤雏，便直言说找不到裤头了。原来，昨天吃过晚饭后，老婆就脱衣睡觉了。一觉醒来，还不见凤雏，便随便登上裤子，气冲冲地去揪凤雏了。谁知道，她这一慌，竟然把裤头蜷在裤腿里了。逗得大家哈哈大笑起来。

这凤雏，真的是很惧怕老婆的。我们都是从他的嘴里听来的。他说，他老婆打他的时候，用胳膊一夹，就像夹个小鸡崽一样，他只有干蹬腿的份儿。

凤雏的老婆长得五大三粗，能把凤雏装进去。凤雏原来生在南方武汉，是因为父亲的问题才被下放到了老家。凤雏并不会做什么活计，也没有力气，全凭娶了这样的一个农村老婆，里里外外的活计全担了起来。三个孩子也全是老婆一人带着。

凤雏在外经常说的就是他老婆的糗事，而到了家里服服帖帖的就像一只小绵羊。这是他的老弟兄们经常看到的。不过，凤雏两口子都是热心之人，对人特好。因此，老婆也知道凤雏在外经常拿她开涮的事情，也不以为然。凤雏的老婆也是欠凤雏的，凤雏退休刚一年，便得了脑血栓。这病也怪，不栓别的，专栓了嘴。这下，本来笨嘴拙舌的老婆，这下在凤雏面前可以毫无抵挡地唠叨了。凤雏不会说，但会撇嘴笑，他心里是明白的。

这两口子就这样继续着他们的生活，凤雏的笑话都在对老婆的笑上了。

三

也不知怎么搞的，乡里的一些事情摊派到了老师的头上，教师必须带头。譬如缴公粮、养殖、平坟等，并且有严格的时限。

一时间，老师们急得如热锅上的蚂蚁。

凤雏把有家属在农村的老师放了回去，说：“你们在家就安心待着，我通知你们来再来。”剩下的几个外地的老师，便跟凤雏在学校本来不大的校园里开始用砖头砌猪圈。

孩子们上完课，就给老师搬砖。一天也砌不了多少。时间一长，孩子们回家后自然要说，在学校里老师在砌猪圈。这下，可惹恼了家长，纷纷找到了学校里，非得让凤雏解释明白。凤雏不慌不忙，依旧我行我素，并且告诫这些家长，是妨碍学校正常工作。有几个家长直接告到了区教委。这下问题得到了彻底解决，老师们的一切“带头”活动都结束了。

四

按照上级要求，暑假时间对老师们进行“自查自纠”。起初会议氛围很严肃，老师们认真学习文件，领会精神，每个人对自己的言行进行了深入严肃的自查自纠。后期，却出现了戏剧性的变化，说是“攻坚战”，即每人每天必须揪出自己的五条问题来，不能重复，不然就是思想认识不够。

老校长神情很庄重，语调非常诚恳，还有些声泪俱下。他说：“我深刻认识到，我利用课间去照看老母亲是不对的。虽然我离家较近，但是，我也不该在那里逗留时间太长。因为这样就耽误了工作时间，是在以权谋私。以后这样的事情再也不能发生了，我充分认识了自己的错误，我接受老师们的批评，也请老师们对我进行严格监督。”

坐在我身后的凤雏说：“哈哈，比文革还厉害！”

等校长说完，凤雏站了起来，说：“我作为一名老教师，我应该主动些，起个带头作用。”

在一片形式的掌声中，凤雏走上了讲台。他很庄重地把自己的稿子拿了出来，向台下深深鞠了一躬。

他说：“通过这几天的学习，我好好反省了一下自己。这几天，我连觉都没敢睡，就是生怕忘掉自己有什么毛病没被揪出来。这一查啊，还真不少，远不止五条。”他用手抖了抖手中的稿子，接着说：“看见没有？几大页。请老师们耐心听我讲，也是给我一个重新做人的机会。”

听到“重新做人”，我们都“嗤嗤”笑起来。

主持会议的副校长说：“大家严肃些！”

“对，大家要肃静！这是个严肃的问题，不能玩笑视之，要从心里重视起来。”凤雏也说。

“我先从我的仪表来说，首先背心一条。”

“哗”下面又笑起来了。

“我上课时，有时穿着背心，这样是不对的。教师穿挎带背心和拖鞋是不允许进教室的。”

“胡子一条。”

又是一阵笑声。

“我的胡子长得比较快，一天不刮，就毛茬茬的。这是一个形象问题。不管多忙，一定要注意自己的形象，要给学生留下个好的印象。”

“毛巾一条。”

大家睁大了好奇的眼睛。

“我这个人怕热，爱出汗，就经常带着一条毛巾进教室。这样也不对的。那出了汗怎么办呢？顺着脸往下淌，这样的形象当然是不好的。怎么办呢？我也在认真想这个问题，想了好久了，还没找出解决的办法。一会儿请老师们给我出个好主意，我一定虚心接受。”

“讲课时有句话没说清一条。”

“上课时流眼泪一条。”

“办公室大笑一条。”

“板书写歪一条。”

“粉笔没用完一条。”

“批改作业发怒一条。”

“辅导学生不够耐心一条。”

……

记不清当时凤雏共讲了多少条。他说话总是绘声绘色的，常常引起人们的一阵哄笑。把紧张了几天的气氛一下子变得活跃起来了。

这一条条看似滑稽的总结，却句句说在了老师们的心里。大家知道，做事情需要准则，但不能是教条，更不能巨细到针头线脑。那样的话，你本身就不是人的载体了，而是一个木偶。而对于教育行业来说，它本身具备的那种灵性和人性的结合，都是透过教育者的言行，潜移默化到孩子们的心灵中去的。

凤雏，真不愧是凤雏，调侃中，透着的是锐气。

五

凤雏如今已化作了那一匣灰。凤雏是笑着的——这当然是他没得病时的照片。

“没想到，王寿昌我年迈人又做了新郎。”

那是九六普九回头看的时候，我们投入了紧张的制表、填表中。大家是极度的紧张和劳累，往往因为一个数据的搞错，而把全盘推翻重新填写。

于是，爱开玩笑的凤雏便招呼大家先休息一下。我们校长正好也同意。

也就是在那天，我和凤雏表演了一段《刘巧儿》中的“过桥”一段。

凤雏饰王寿昌。他手里拎了个笤帚，一瘸一拐地，摆得那个架势啊，真让人笑破了肚皮。

“没想到，王寿昌我年迈人又做了新娘。”

凤雏永远是开心的。

有凤雏的地方就有笑声。

凤雏，开心地去吧，去你该去的地方吧。

我们每个人都在走着自己该走的路。

后 记

凤雏是名牌大学毕业，有着丰厚的文化底子，教学经验丰富，写一首漂亮的毛笔字。他一生为人仗义，性格率真秉直。他是难得的人才，所教班级学科成绩总是名列全乡第一。

我却不想去写他的“伟绩”，我只想写他那更实在的一面，让人难以忘怀的那一面。

-2011 年 3 月 -

用爱书写的亲情

这是一个多灾多难的家庭，又是一个充满爱的家庭。历经了那么多的磨难，这个家庭仍似一朵傲雪的梅，迎着朝阳怒放。这也正诠释了“有爱就有家。”

林雪梅带着5岁的女儿嫁到了李家，做了李家的大儿媳妇。丈夫李斌是个憨憨的汉子，个头威猛，在一家钢厂工作。公公李富喜也是一个憨憨的汉子，虽然已上了年纪，但身板和儿子一样高大，比儿子还显硬朗。公公和娇小的婆婆在家侍弄那几亩地。

李斌不是李富喜的亲生儿子，是婆婆改嫁带来的，当时正如雪梅的女儿一般大小。婆婆嫁过来后，又生了小儿子李健。这李健可是一表人才，个子像爹，高大威猛，模样像娘，秀气。这样帅气的小伙子在十里八村是很难找到的。李健18岁就参军了，后来部队复原在市里找了份银行押运员的工作。上门说对象的简直是踩断了门槛啊。李富喜两口子更是整天笑眯眯的。这时的李斌早已有了个美满的家庭，并有了一个儿子，现在已两岁了。虽然妻子不善理家，但是日子也过得甜蜜幸福。

天有不测风云，人有旦夕祸福。

就在李家的日子蒸蒸日上的时候，不幸降临了。李健在一次押运过程中，遭到了歹徒的袭击。当李富喜两口子赶到那里时，只看到了儿子那张苍白的脸，静静地躺在太平间里。当时，李健母亲便昏死了过去。

随着李健的去世，家里的矛盾危机不断。原因就在李健的那8万元的抚恤金上。别看李斌的媳妇不善理家，但是心中的小算盘打得可精明。她想，这李家往后还不就指着他们了吗？但是，他又担心李斌不是李富喜亲生的，李富喜会不会另有打算呢？李斌虽然是婆婆的亲儿，但看婆婆的意思，也有防范他们的心。

俗话说，“不怕贼偷，就怕贼想。”自从李斌媳妇瞄上了李健的那笔抚恤金后，她就想方设法地想把这笔抚恤金据为己有。李斌是个憨厚的人，他坚决反对媳妇这样做。媳妇就开始用别的办法，撺掇李斌买楼，理由是为孩子将来上学方便。李斌张不了这个口，李斌媳妇就亲自出马。但是，李富喜的妻子精明啊，就是没答应。她告诉媳妇，这钱早晚是他们的，现在绝对不能动。吃了这个闭门羹后，李斌媳妇就开始和李斌耍起了泼妇的十八般武艺，两天一大闹，三天一小吵。

李富喜两口子看在眼里，气在心里。把家里的其他积蓄一点点地都给了媳妇。可是媳妇的脸色就是不晴。老两口子常常在半夜里对着小儿子李健的遗像抹眼泪。

李斌夹在中间，左右为难。媳妇的无理取闹，父母的眼泪，终于让李斌这个老实的汉子做出了不容更改的决定——离婚。

这回，媳妇倒傻眼了。但是，她决不退缩，以带走孩子为要挟。李斌一条道走到黑，你既然不孝敬父母，留你何用？孩子也会让你带坏。坚决离婚。就这样，媳妇带着还不满 4 周岁的儿子，带着满腹的怨恨走了。

冷清凄凉笼罩着李家。

林雪梅这时已守寡三载。她的丈夫由于一场车祸，就结束了他们刚刚 3 年的恩爱婚姻，撇下了一个刚满两周岁的女儿。雪梅整日以泪洗面。她舍不得丈夫的那份情感，就在回忆中度过了艰难的三年。她也听说了李家的这些事情。她的娘家所在的村庄和李家所在的村庄并不远。她非常钦佩李斌的作为。所以，当娘家婶子向她提出可不可以改嫁李斌时，林雪梅很痛快地答应了。

似乎，不幸还没脱离开李家。本来林雪梅和女儿的到来，给这个家带来了希望和生机，可是就在林雪梅嫁进李家还不到半年的时候，李斌又出事了。李斌在车间里被飞起的砂轮打中了头部，当场死亡。

这真是致命的打击。

李家的顶梁柱倒了，李家的希望没了。

林雪梅的希望也没了。

李富喜整天不说话，只知道到那承包田里去劳作。他想用过度的劳累来冲淡这满腔的痛苦。他是个憨厚之人，他想不明白为什么老天爷这样对待他。

婆婆又一次病倒了。她的心理也承受不住这样的打击。她忽然对林雪梅心生恨意。原来就听人们谣传，林雪梅是个克夫的命。她不信，她觉得这个姑娘好可怜。她了解雪梅，因为雪梅的婶婶就是自己的亲妹妹。雪梅人善良、聪慧、孝敬老人。是个人见人爱的好姑娘。这回她信了，无论说什么她都不会再怀疑了——林雪梅就是克夫命。林雪梅夺走了他儿子的命。

林雪梅虽然和李斌结婚刚刚半年，但感情是如此得好。李斌这一撒手人寰，无疑给雪梅又是一个致命地打击。但是，她看到两位老人伤心欲绝的样子，看到还需要照顾的女儿，更主要的是她已有身孕，那是李斌的骨血，她只能强打精神。

林雪梅的强打精神，反而成了婆婆看她不顺眼的更大理由。在婆婆眼里，林雪梅太没人性了，失去丈夫，居然还笑得出来，还会有心做出花样饭菜来吃。可是，有谁知，林雪梅心里有多苦？她有过多少个夜晚在夜里哭醒啊。

屋漏偏遇连阴雨。

这天，中午 12 点已过，还不见公公回来。林雪梅只好到承包田里去找。老远就见公公李富喜躺在地上，手在抓着什么。林雪梅赶到跟前，见公公脸色铁青，眼睛瞪着。她意识到可能是脑中风之类的吧。这点常识林雪梅还是有的。她忙打手机呼救。幸亏发现得早，送到医院抢救及时，抽过血后，公公的命保住了。

命是保住了，但是公公再也不能像从前一样去地里干活了。为了防止万一，婆婆寸步不离地陪伴着公公。林雪梅看着自己的肚子，心里这个苦啊。她想，这个孩子不能再出世了。现在这个家已经够乱得了，哪里还有再抚养这个孩子的能力？可是，她转念一想，这是李斌的骨肉啊，也是李家的血脉，堕胎，公婆会答应吗？

“不，我一定要生下这个孩子，再苦再难也要把孩子养大成人。”林雪梅把痛深深地埋藏在心底。她照顾公婆更加尽心尽力，里里外外都是她忙碌的身影。

经过这种种磨难，李富喜两口子也从悲哀中走了出来。这也就应了那句“人越磨炼越坚强”吧。看着挺着个肚子整天忙忙碌碌的儿媳，老两口从心里疼啊。

一天，吃过晚饭，婆婆叫住儿媳，说：“雪梅啊，李家对不住你啊！自从你进门后，就没过过一天好日子。不但让你跟着受罪，我还让你受了不少气，娘对不住你啊！”

听婆婆这么一说，林雪梅的鼻子一酸，扑在婆婆怀里呜呜地哭起来。这是她第一次尽情地宣泄自己。婆婆抱着她，抱着浑身颤抖的雪梅，也哭了起来。雪梅从小没有娘，她第一次感到了在娘怀里的温暖。李富喜看着这娘俩，也在旁边抹起了眼泪。

婆婆接着说：“雪梅啊，让你受苦了。我和你爸有件事求你，你答应吗？”

雪梅泪眼看着婆婆，又看看公公，说：“您说，什么事？只要我做到的我就去做。”

婆婆抓住雪梅的臂膀，看着她的眼睛，一字一顿地说：“雪梅啊，不是爹娘心狠啊，这个家不能再让你支撑了。你走一步吧。再找一个好点的人家，有个知冷知热的人疼你，也能把孩子带在身边。光放在哥嫂那里也不是个办法啊，孩子也需要娘啊！”

“是啊，孩子。”李富喜也说话了，他把一包东西推到雪梅的面前，说：“雪梅，把这个带上，爹娘照顾不了你了，你自己照顾好自己！”

雪梅打开了那包东西，是一摞钱。她知道这是弟弟李健的抚恤金。爹娘居然拿出一部分让自己带走，雪梅的心里啊，又是感动又是酸楚。她鼻子一酸，重新扑到婆婆的怀里，哭了起来。

婆婆一边拍着雪梅，一边说：“孩子啊，爹娘也只能这样了。给你三万，好带孩子。其余的我们也好看病养老。孩子啊，你肚里的孩子就不要保了，咱不要了，咱养不起了！……我们不怪你，李斌也不会怪你！……”婆婆说着这话，已泣不成声。李富喜也“呜呜”哭起来。

林雪梅“扑通”一下跪在了婆婆面前，哭着说：“娘啊，别赶我走！我哪里都不去，这里就是我的家。你们就是我的亲生父母。孩子我要生，我会养大他的。请你们相信我，我会养大他的。我只要你们二老好好的，和我一起带。”

婆婆哭了，拍着雪梅，说：“孩子啊，你这是何苦啊！”

从此，这艰难的一家人，在爱的驱动下，艰难地度日。

雪梅整天挺着个大肚子去承包田里劳作，娇小的婆婆除照顾公公外，里里外外洗衣做饭，操持家务。

老天也有睁眼的时候，李富喜的病居然奇迹般地好了起来。他从能自理到能帮着家里做些家务了。真是真情感动了上苍啊！

不久，林雪梅生了个白白胖胖的小子。这小子的到来，为李家增添了不少的欢乐。看孙子是李富喜的工作。婆婆操持家务，还能到田里去帮雪梅做些伙计。雪梅呢，忙里忙外。手脚不闲，身板硬朗得像个小伙子。久违了的欢声笑语又在李家落户了。

爱演绎着生活，爱延续着亲情。

几年后，李家飞来“金凤凰”。林雪梅招来了上门女婿，这是婆婆张罗来的。雪梅的女儿也从哥嫂那里接了过来。如今啊，李家整天都是在喜庆中度过。在李家人的脸上再也看不到忧郁。

婆婆常笑着对人说：“没有过不去的火焰山。”

李富喜也说：“咬咬牙，什么都能挺过去。”

林雪梅的话似乎更有哲理：“人这一辈子什么也可能遇到，只要心中有爱，就没有什么可难倒的。你总是笑着，眼泪就没机会流出来了。就是流出来了，那也是高兴的。”

是啊，幸福就在每个人的身边。只要用爱去诠释，去呵护，你就会感到她的存在。

用爱凝固起来的亲情，是任何力量都摧不垮的。

我有时望着太阳西下的那一抹红霞，常常陷入一种美好的遐想：这美丽的景色，是用多少心血织就的啊！那里面有亲情，有爱情，更多是无私的付出。

用爱书写出来的东西，有她顽强的生命力，有她迷人的风采。

爱铸就了美丽和辉煌。

-2009 年 8 月 -

与命运抗争的人

他，是一个不幸的人，从小父母早亡，跟着年迈的奶奶东一家西一家的求生活长大。初中还没毕业，就过早地挑起了家庭的重担。在他刚要迈入婚姻殿堂的时候，一场车祸又夺去了他的双腿，老奶奶也含悲离开了人世，未过门的媳妇跺脚走了。

他又是个幸运儿，社会福利院接纳了他，助残基金会帮助了他。他用自己的智慧和毅力，学会了一门手艺，并且还成了致富带头人。

他叫孙淳良。一走进冀州，如果找家电维修，孙淳良这个名字就会灌耳。孙淳良的家电维修部已经形成了规模，除自家开着总店外，还在下属的乡镇开着分店。徒弟从不敢坏师傅的名声。所以，孙淳良的名声是越传越远，越传越硬气。

一

1973 年，一个白白胖胖的男娃“哇哇”地啼哭着，降临到了冀州的一个乡村农家小院里。男娃的到来为这一家带来了莫大的希望和欢笑。要知道，男娃来得太迟了，父母都近四十了，古稀的老奶奶更是合不拢嘴啊，孙家总算有了后。

这个男娃就是孙淳良。但是，好日子并不长，在孙淳良刚刚咿呀学语的时候，母亲便突然重病身亡。一年后，父亲也突然离世。只有三岁的小淳良只能和七十多岁的老奶奶相依为命。乡里给他们办了低保，村里每年给他们发放救济粮款。就是这样，祖孙二人还是多亏了众乡亲的帮衬。这家给点米，那家给点菜的，小淳良在百家饭中总算长到了 15 岁。

奶奶经常跟小淳良念叨："还是这个社会好啊！要是在过去，咱祖孙俩早就喝西北风了。我这把老骨头还不知扔在了哪里呢！你呀，也就成了野孩子了！良啊，你要记住啊，无论什么时候，也要对得起这个社会啊！"幼小的淳良早已把奶奶的话记到了心里。别看他年纪小，可是村里的好孩子，能帮上忙的事他都要去做。村子里没有一个人不夸这个孩子的。

眼看初中要毕业了，奶奶患了脑血栓，再也起不了床了。孙淳良只好丢开了心爱的课本，在家种起了责任田。孙淳良是个肯吃苦，头脑又聪明的小伙子，心眼又好，日子一天天好起来。几年之内，孙淳良把自家的那三间土坯房翻盖成了大瓦房，还买了拖拉机跑起了运输。奶奶的病也好多了，居然能拄着棍子下床走路了。

1996 年，经人介绍，孙淳良和邻村的一个姑娘定下了终身大事。约定秋后结婚。可是，不幸再次降临这个家庭。在一次运输途中，由于疲劳，孙淳良出了车祸，车毁了，孙淳良的下肢双双被截去了。这对于刚刚好些的奶奶是一个致命打击，听到孙儿出车祸消息的那一瞬，奶奶睁大了双眼，就这样，再也没回转人世。

二

回到家中的孙淳良，陷入了极度的绝望之中。他对生活彻底失去了信心。望着家徒四壁的屋子，望着被撕碎了的结婚照，小伙子"嗷嗷"大哭起来。哭后便是沉默，几天水米不进。他无力结束掉自己的生命，只有通过这种绝食的方式，来结束生命，结束这种无望的生活。

乡团委来了，市妇联来了，民政局的同志和市福利院的同志来了。他们给孙淳良带来了光明，点燃了希望。孙淳良死灰的心慢慢复燃了。他扑在郝乡长的怀里，像个孩子似的哇哇大哭起来，他找到了活下去的希望。他要用自己的行动，来证明自己，来回报社会。

孙淳良住进了冀州市福利院，并被送到一家家电维修学校学习维修技术。孙淳良不但聪明，学起来比别人更刻苦。师傅示范做的每一个零部件的安装，他都要反复拆卸安装好几次。孙淳良毕竟是个残疾人，无论是学习还是生活，都有诸多的不便。为了不给别人添麻烦，他都自己努力克服。学习时他从没喝过水，为的是减少上厕所的次数。上课时，他总要早早地到校。他自己摇动轮椅上街，为的是不麻烦福利院的工作人员。早晨车辆少人少，他行动起来就方便得多。天不亮，他就摸索着起床，准备好食物上路了。福利院虽然离学校不算远，只是两条街的距离。但是，这对于只能通过轮椅行走的孙淳良来说，要走个把小时呢。中午他不出校，就啃些干粮，喝点白开水。学校里不但免了他的学费，还要管他的中午饭。但孙淳良拒绝了。他说，国家已经这么照顾他了，他不能再给国家添麻烦了。孙淳良还利用中午在校的时间，整理教室，打扫卫生。放学后，他要晚走，要等到车流人潮过后，再回到福利院。晚上，他会学到很晚才入睡。有时室友一觉醒来，还看见孙淳良在认真地看着书，或用什么东西焊接着什么。每当这个时候，孙淳良总要不好意思地对室友说："对不起啊，我吵醒你了！"

功夫不负有心人！孙淳良经过一年多的学习，以全班技术第一的好成绩，拿到了毕业证书，获得了就业的资格。接下来是工作问题。在这个技术竞争、人才济济的社会里，四肢健全的人都不好找工作，更何况像孙淳良这样的残疾人呢？

这次，孙淳良没有丝毫的悲观情绪。他常用李白的"天生我才必有用"来给自己鼓气。他每天都在看报纸，找那些大大小小的招工启事。一个个用人条件，把他毫不客气地拒在了门外。他连轮椅都下不去。福利院长想通过社会关系来给他找个工作，孙淳良拒绝了。他诚恳地对院长说："党和政府给我这么多的照顾，我已经学成了技术，该是我回报社会的时候了。我如果连自己迈出脚步的能力都没有，那我只能成为社会的累赘了。我不想做社会的累赘！我想证明一下，我到底是不是废物。院长，你们如果相信我，就请借我 2000 元钱，我想自己开个家电维修部。我保证，在这一年之内还上借款。如果借款到期还不上的话，就把我的房子卖掉抵债。"孙淳良说到做到，他很认真地给院长写下了欠条。这也叫合同吧，更确切地说是一个人的承诺。

孙淳良拿着院长借给他的2000元钱，用轮椅拖着他那疲惫的身躯，终于在一个闹市区找到了门店，进了零部件，一个小小的“淳良维修部”开了起来。

很快，孙淳良以他那精湛的技术和低廉的价格，在这个小闹市区火了起来。那个时候，正是彩电和黑白电视交接、各种家电隆重上市的时候，生意异常兴隆。七个月后，孙淳良就把院长借他的2000元归还到位了。

三

做什么事情也不是一帆风顺的。孙淳良的火，势必会造成其他人的不火就会影响到其他人的生意。砸店的还是来了。起初，他们故意找人抱来一台坏了的电视机，让孙淳良维修。修好后，他们再抱回去，调换一下零部件——把原装的名牌零部件换成配置的零部件。借此指责孙淳良黑心，借修机子调换了零部件。孙淳良百口莫辩。于是，孙淳良的店被砸了，砸了个稀巴烂。当然，群众是善良的。有人就报了警。闹事的人被抓了起来，事情的原委闹明白了。砸坏了东西就要赔偿。不但要赔偿，还要罚款，还要刑事拘留。孙淳良是个善良之人，他放弃了这一切，不但不追究他们的刑事责任，还没让他们赔一分钱。

有人问孙淳良是不是怕了？孙淳良笑笑说：“我不是怕。我一个残疾人，啥也没有，有啥可怕的？常言说，和气生财，同在一条街上，出门不见抬头见的，大小事好有个照应。再就是市场也讲究个规矩。我的维修费用低，自然就抢了人家的饭碗，这也是我有错在前啊！以后大家好好商量，互相照应，取长补短就是了。”

正是孙淳良的这番话，感动了那几个同行。他们把孙淳良当成“龙头老大”——这不带有黑帮性质，是技术上的老大。孙淳良的技术高，又肯钻研，所以，大家有什么问题都会向他请教，维修不了的电器就拉到他这里来修。孙淳良呢，总是放下自己的活计，先帮别人修，不收一分维修费，更不要小费。

孙淳良以他精湛的技术和高尚的人品，在冀州打响了维修家电这一炮。随着小店生意的兴隆，孙淳良扩大了门店，又招收了徒弟。到2005年的时候，他已经拥有 3 个“淳良维修店”，15 个“淳良维修连锁分店”了。他的连锁店都是他的学生在经营。

学生们绝不坏老师的名誉。因为孙淳良这样告诫即将开店的学生们：“我们要想做好生意，首先要好好做人。好好做人的前提就是要懂得知恩图报。我们要回报社会，回报养育我们的这方父母。做生意一定要讲信誉。谁如果让钱迷了眼睛，你就不是我孙淳良的学生，你的店牌我会亲自去砸。”孙淳良及他的学生们，就是本着这不成文的店训，以精湛的技术和低廉的价格，打造着冀州家电维修的这一片蓝天。

孙淳良走出来了一条成功的路子。

尾

孙淳良时刻记着奶奶的教训。他把自己的所得全部捐献给了福利院。他说：“如果没有党和政府的培养，哪有我孙淳良的今天。这个社会赋予我希望，给予我幸福，我就要回报社会，用我的行动来报答养育之情，滴水之恩。”

朴实的语言，演绎着高尚的人生。

孙淳良以他的聪明才智，以他的顽强拼搏的精神，以他那颗火热的心，谱写着一首励志之歌。

2009 年元旦，孙淳良喜结良缘。一个美丽、聪慧、健康的姑娘，投入了孙淳良的怀抱。

孙淳良是不幸的，但他又是幸福的。他赶上了好时代，他感受到了人间真爱。他用他的行动，谱写出人生最瑰丽的华章。

祝福孙淳良！更祝福我们这个社会！

-2009 年 1 月 -

浴

一

大浴河的水如开了闸的洪，似千军万马，嘶鸣着，从垄道口直冲峡谷而来。垂落直下的水帘，沿途被突兀的岩石撕扯成白亮亮的几绺，无助地跌落到谷底，飞溅起几丈高的沫雨。

大浴河愤怒地咆哮着。

太阳早已躲藏到大山的背后，只有山风呼啸着，从一座山峰狂扑向另一座山峰。把根深深扎在岩石缝里的那朵野百合，几任风雨蹂躏后，洁白的花瓣一片片飘落下来……

山风狞笑着，无情地撕扯着含泪的花蕊……大浴河哽咽着，用她的温情拥抱着这命运多舛的仙子……

二

祝小红像一尾受惊的美人鱼，躲藏进那丛瘦竹林。撕开雨幕，她看见一只悄无声息的鸟儿，正在对面的树枝上，收起美丽鲜亮的冠羽，隔着厚厚的雨幕，深情地望着她。

他摘掉了眼镜，大片的水雾在他眼前隆起了云烟。但是，她看清了那双眼睛，黑亮亮的，曾经那么孤傲的眼神里现在却是一种柔得让人心碎的情。

宛转的笛音，真真切切地响在祝小红的耳畔，瞬间与汩汩下流的清泉碰触在一起，颤颤地流淌着……

如云如雾。

三

浓浓的水雾把祝小红托举起来，抛在一个四周死一般沉寂的夜空里。她孤独地飘荡着，在她的眼前又浮现出那可怕的一幕，二十年来想都不敢去想的那一个魔鬼的夜晚。

祝小红双手紧紧抱在胸前，心像刀绞一样剧痛。

尘封了二十多年的那道痛苦的大门，却因为这汩汩的温泉似的流水而被沉重打开，已经结了痂的伤疤，被一点点地撕破，不断向外渗透着殷红的鲜血。每渗出一滴，心也跟着一阵阵地抽搐。

浴室里弥漫着暖暖的水雾，梦幻还是现实？祝小红的头胀大起来，就像有无数的小鼓槌，“梆梆”地敲击着颅骨，没有章法，没有节奏，东一下，西一下，轻一下，重一下，疼痛的眼泪和着心里洇出的血，慢慢地流淌下来……

四

就在不久前，祝小红痛苦地揭开了那一幕。她唏嘘着，艰难地回过头去。日记本很多，堆叠了一摞。只有那一本，被压在底层，她不想去翻看它，那是痛苦的根源。

当祝小红和林静威相遇的那一刹，祝小红压在心底的那一腔热情终于不可遏制地喷发了。她要说，她要把她过去的故事毫无保留地说给他听。这是祝小红一个人的秘密，这二十多年来，她从来没有想过说与他人，只想让这个秘密随着自己的那副躯壳化成灰带进坟墓里，一抔黄土埋葬了祝小红，也埋葬了一个苦难的灵魂。

林静威的出现，就像在漫漫长夜里亮起的一盏明灯，让已经沉睡的祝小红一下子看到了光明，心里亮堂起来，她的心窗不自觉地向他开启。这是祝小红多年等待的梦幻，一个二十年的奇迹——爱神终于垂怜这个苦命的女子。

祝小红不知道这是爱神的安排，她只是潜意识地感觉他就是自己的知心人。她不可能做他的知音，但他会倾听她的心声。她终于等到了这个奇迹。她不渴求他能为自己做什么，她只希望他静静地听她讲，讲她过去的故事，讲她只有她自己才有的感受……她等得太久了。

五

祝小红一颗绝望的心，在林静威的面前奇迹般地复活了，那是一种强大的任何力量都无法阻隔的磁场，而祝小红就是那枚长久置于尘埃中的磁针。一旦找寻到她的磁场，她会义无反顾地扑向磁场的怀抱。

林静威就是祝小红心中的那个神，她会虔诚地对他袒露一切，就像众多的教徒在向自己的神明做着忏悔一样。她不希求宽恕，她不需要同情，她只想卸下肩头那副沉重的担子，她想把压在胸口的那方扇让她几乎要窒息掉的磨盘掀开。这许多年来，她的背驼了，她的步履蹒跚了，她的每一根神经都疲惫到了极点。

祝小红终于颤抖着，小心地翻开了那本日记。日记抱在她的怀里，就像一个刚刚出生不久的婴孩。祝小红的心被紧紧地提到喉咙口，闭目深深吸进一口气，又慢慢地吁出。

六

在祝小红惊恐的瞳眸里印出这样的几行字:

“那是魔鬼的一夜，狰狞、变态、愤怒、占有、蹂躏……时间凝固了，无声的泪伴着深入骨髓的痛……在地狱中毁灭。

那是无助的一夜，残喘着，用最后的气息抓住了一根稻草……

那是原始的一夜，疯狂、放浪……时间如流苏，我惊骇我的本性……

我的爱又和阳光一同出现了。

让那个夜永远消失吧！！！”

字迹模糊，带着片片泪痕。那何尝不是祝小红的血？而真实是尘封在心底。

七

祝小红终于鼓足了勇气，熬过了一个又一个残忍的夜晚。每当她要窒息掉的时候，她就会站到院子里去，……她久久地凝望着东南方向的那颗亮星，那是林静威，是祝小红心中的林静威。

她告诉他，她的疤被揭开有多痛；她告诉他，她的心在流血。

他炯炯地注视着她，他告诉她要勇敢面对；他告诉她，必须坚强地战胜自己。

她向他张开双臂，他紧紧地拥抱着她。

一个在地上，一个在天上。

祝小红终于勇敢地闯入了那个夜晚，终于又做了一次魔鬼似的经历，这一次，她走出来已经不是遍体鳞伤，她真的战胜了自己。那个令她灵魂出窍的魔鬼的夜晚，终于被她重重地抛在了身后。祝小红的身后站着林静威，他借给了她一个有力的臂膀。

八

祝小红是善良的，也是虚伪的。她以她的善良宽恕着所有的过错和罪恶，她以她的虚伪营筑着自己的泡沫爱巢。她的善良让她学会感恩，她的虚伪让她变得貌似坚强。

林静威犀利的目光刺穿了她，刻薄的语言撕扯开她的伪装。林静威的心也在一步步向她靠近，他爱上了这个女人。

……

两颗心弦，共同弹奏出一曲神奇的音响，一刹那，美丽的天使在空中飞舞。紧紧相握的手儿，就好像签订了前生今世之约。

九

自以为能够彻底忘掉过去的祝小红，当被林静威相拥着走进浴房，当那汩汩的温泉流淌下来，水雾暖暖地弥漫了整间屋子的时候，突然，她感到那一道道水流，就像一条条毒蛇，吐着长长的芯子，恶狠狠地向她探出了头……

一道闪电劈开了夜空，把大地照得通亮。祝小红看到了，又看到了那张脸……他狞笑着，露出了白亮的牙齿，在一步步向她逼近……

她想挪动一下自己的身体，却感到骨头像钢针一样从身体内部扎出来，仿佛身体的每一寸肌肤都被撕裂一般。

她看到了镜子里的自己，那也是一张魔鬼的脸。披散的头发，红肿的眼睛，死鱼般的眼珠一动不动，满脸的污垢……

她无力地闭上眼睛，这个世界已经不属于她，她也不再属于这个世界。

祝小红，已经没有了自己的灵魂，她的灵魂早已被下到了地狱。

生与死，对于她来说，已经没有多大的意义。当她还能鼓起一丝勇气来维护自己的尊严，想着结束自己年轻生命的时候，命运鬼使神差地拉住了她。

祝小红经历了一场磨难，一场非人的磨难，就在那一夜，就在这水声里。不知道应该是恨，还是爱。实际上，应该说是祝小红的堕落。

当祝小红被那个救他的男人重重地扔在床上的时候，她的心底就在默默做着一种走向死亡的准备。

祝小红失去了反抗的能力，不全因为他的疯狂，而在于祝小红的心灰意冷，——她不想再有生的机会。她咬紧牙关，紧闭着双眼，眼泪顺着眼角往下流淌。

她一次次昏厥，又一次次清醒。她恨自己为什么不会死去，真的如那恶魔所说，是“贱命”？她恨自己为什么不会麻木，她需要这种麻木。她能够清楚地感到疼痛，因为这些疼痛让她昏厥，因为这些疼痛又让她清醒。她太累了，她厌倦了生活，她真的再也不想看到这个世界了。

她的嘴角淌出了血，带着股股腥咸味——她的牙齿咬到了肉里，她不想发出惨叫，哪怕是痛苦的呻吟……她不想给这个男人尊严。

……

当那个男人抱着她大哭的时候，她心软了，她失败了……

祝小红失掉了自己的尊严。

十

天使来了，带着微笑。

祝小红无力地睁开眼睛，她看到了林静威。林静威心疼地看着她，她一下倒在林静威的怀里。

魔鬼和天使在做着殊死的搏斗。

祝小红用最后的力气问他：“你怎样看我？”

林静威把祝小红紧紧搂在胸前，神情凝重地说：“你是个好女人！是个圣洁善良的女人！你是我的好女人！”

众多的天使围在这一对幸福的恋人身边，舞动着翅膀，唱起祝福的神曲。

祝小红被林静威抱起，在空中悠悠地飞着，来到了大浴河。此时的大浴河好宁静，早已伸展开温暖的双臂，拥这一对恋人入怀。

条条玉带，从百丈悬崖落下，似云似雾。水流很宁静，也很随意。它带有过浓的温顺和纤弱，脉脉地幻出一线峰峦与白云的眷恋。漫谷的雾岚缱绻如梦，亮白的雨滴从碧枝花荫柔柔滑落。

十一

林静威紧紧地抱着祝小红的玉体，禁不住地说着：“我的女人，我心爱的女人。”

祝小红这是第一次被人这样的呵护，就像母亲对待婴孩一样，温柔，细腻。她每一寸的肌肤，都承受着这个男人柔柔的爱。她软软地，乖巧而听话。任由他的爱在她的血液里涌流、扩散。

眼泪如决堤的河，热热地流淌下来。水雾笼罩着，很恰当地模糊了一切。

一朵美丽的白莲花，从大浴河里升起。

-2011 年 9 月 -

梦

遇见

杨堤柳岸，荷风送香气。碧绿碧绿的池塘中，满眼是粉甸甸的荷花，青翠欲滴的荷叶，扶风轻轻摇曳生姿。有一条小小的水蛇，正自在地于池中央，悠游嬉戏。小巧柔细的身子，裹着一层浅翠色的衣裳，游玩于碧水中，浑然一体。水妖般的腰身，在水里穿过淡色水草，滑过绿萍，轻摆招摇地妍舞着。

梅雨如丝，江南的雨说来就来。正当她玩得尽兴时，如烟的细雨霏霏而下。近处刚好有一片圆盘绿伞般的荷叶，她便一下子躲了进去。绵雨柔软的洒落在水面上，泛起了清澜微微涟漪，柳风吹得那朵朵莲花轻轻摇摆着轻柔的纤姿，她瞧着有些醉了。抬头时，刚好一滴荷露落入了她眼眸，一朵如雪洁雅的白莲，正婷婷绽放于她眼前。幽幽的香气，漫过她的鼻，流入了她的心魂。

沁魂的香气，清雅的风姿，让她痴恋的目光流连忘返。雨已停，她还不舍得离开。一直扭动着细长的身子，穿摆而过莲根之处。

那朵白莲在柔风中轻轻地点头，迎风而浅笑。这一笑，便拉开了一个轮回的序幕。

留得残荷听雨声。再一个雨季到来时，小水蛇又游到这片开满荷花的地方，盈盈水面上，荷香依旧，粉嫩的荷开满池塘，莲气荷香四处飘溢。唯独不见了那朵雪白清莲。

小水蛇四处游走，已无心嬉戏。她不知道，那朵白莲，已走入了轮回，走出了她的记忆。

轮 回

东风送黄昏，花落成空。深山静峦处，小庙幽暗，青案上香火零落，香烟淡薄。只有一盏青灯，孤影绰绰，闪烁着微弱的火花。灯油只有浅浅的一层，墙灰剥落，阴影斑驳暗淡，四处积尘。

墙角落里，住着一只小青蛾。她正静静地躺在阴影下。没有阳光穿透而过，那幽淡的灯火便是唯一的光亮。她正是，透过这些薄弱的亮光，打量着这个曾经来过的世界。还好，至少她还能看一眼这个世界，虽然看不到的外面燕飞柳长，池水漾绿。更听不到莺歌鹂语，玉管吹箫。可她，还是很满足了。

孤伴青灯，她很寂寞。寂寞中，她不觉迷恋上那灯火里唯一的温暖。投放在墙上的微弱光影，已不能满足她对温暖的渴求。

灯盏里的油越来越浅了，越来越少了。没有谁来为它添上些许油，就要油尽灯枯了。小青蛾忽感到莫名的心慌，那灯芯已经烧得很短很短了，轻摇的光芒幽淡的几乎看不见。一阵风吹过，灯盏上的火光扑闪了几下，她忽然奋力飞扑而起，挥动着纤瘦的薄翼，一下子飞入了那即将熄灭的灯火里。

她做了一件很早就想做的事情，用生命去换取最后的温度，瞬间绽放的灼热，已是毕生的等待。那一刻，她幸福地闭上了双眼，那个怀抱里的香烟味依稀有淡淡清莲的气息！

求 佛

夕云轻卷，流霞斜落。光阴辗转，红尘陌上又走过谁的脚步？她跪在佛前，哀哀祈求，让我重入轮回，再次经过他的身边，只要他的一个回首凝眸。佛祖终肯首，让她重回世前。可她不知道，这一生，他还是来不及给她一个凝眸。

他是一根小小火柴，燃烧便是他的宿命。生命在短暂燃烧之后便是灭亡，甚至来不及望一眼这个尘世，便要烟消云散。

他静静地躺在盒子里，等待宿命的那一刻来临。很无奈，却在劫难逃。有时，轮回，并非是一种美丽的期待，却是一种无奈的等待。等待一场灭亡后，又等来另一个轮回的无奈。如此，周而复始，直到天荒地老！

她重入轮回，为了那一朵白莲而来。她不知道无奈地劫，正在等待。她成了一根红烛，披着一袭艳如媚阳的轻衣，这般美丽而娇娆。只为，让他看上一眼。只是，他还来不及睁开双眼啊，当一道火光划空而过，他的生命已走向虚无。擦亮自己生命的同时，他也将点亮这根红烛的生命。他们殊途同归，一样是燃烧的宿命。

短暂如烟花轻绽的一刹那，他已随风而去。可她，却只能在风影中颤然流泪，流下一滴滴红色的泪珠。

相见时难别亦难，东风无力百花残。春蚕到死丝方尽，蜡炬成灰泪始干。多少恨昨夜梦魂中。百花凋残时，烛影已飘摇而过岁月的流河，站在时间的断壁残垣中，拾捡思忆中的碎片零影。红烛滴泪到天明，一夜兰烬吹青烟。不待他年重归处，更深漏尽暗伤魂！

身体燃烧的疼痛，已不及失去那轮回一眼的疼痛。她烛泪如红雨，最后的生命为他一夜流干泪尽，仅余一点浅溢着莲香的红泥。

擦　肩

春花秋月何时了，轮回知多少？杨柳遮楼，落花飘香。一袭白裙如雪，飘飘长飞。她撑着一把兰花小伞，拾着长满青苔的石阶轻轻走过一座断桥。桥下的荷塘泛着绿波，俯眼处仿佛开着满池的粉荷飘着莲香，空气中宛若多了几分清淡的绿色。

定眼一看，池中碧水依旧，只是空空如也，已然不见那一池高洁的清莲。疑是幻觉，她转身继续往前走，白色的裙带飞舞起一片张扬的落寞。

古刹庄严，肃穆。大雄宝殿，金色莲花座上，佛祖慈颜普照，祥光广度众生。

她虔诚地跪在圃团上，口中念念有词，不知祈祷着什么。许下心愿后，她便上前施了些香油钱。殿上，有一位年轻师父正敲着木鱼，唱念有词，梵音清渺，心尘顾扫。从他身边走过时，她前行的脚步忽然停住了，一缕淡不可闻的莲香，感觉是那般熟悉，却想不起在哪闻过，似是梦中曾有过。

她回过头望了他一眼，年轻清秀的脸上，纹丝不动，微闭双眼，始终未瞧过她一眼。如静松般的身姿，巍然而坐。她忽觉得心慌得难受，却不知为何而起。仓皇转身急走，似乎要甩开那莫名的感觉。

宿命的劫，总在轮回中擦肩而过。红尘陌上，寻寻觅觅了多少轮回，到最后，却忘了要寻找些什么。那些想望的意念，在流水中漂泊，最后如尘埃轻落云霄。沧海桑田中，遗落了什么？失却了什么？一切如梦，如迷烟！

遗　忘

思君令人老，岁月忽已晚。从今以往，勿复相思。相思与君绝！

遗忘，其实是一种永远的幸福。遗忘于一种心伤，遗忘于一种牵挂，遗忘于一种难舍。相依过后，便是相忘于红尘深处。千江过后，谁遗忘不了谁？谁又还会执着于谁？缘如风情似水，梦魂之处便天涯。唯把那份失落留给苍天白云，留给清风明月，留给绿水紫霞，留给尘埃烟锁里。

-2015 年 4 月 -

第三辑

不负我心

野百合

在讲读林清玄先生的《桃花心木》时，有幸又读到了林先生的又一作品《心田上的百合花开》，立刻被那隽永的文字所吸引。于是，反复来读，爱不释手。

《心田上的百合花开》着墨不多，只是写了一株百合花的幼苗，坚守着自己是一株百合花的信念，顽强地生长着，最后开出了美丽的花朵。并且这朵美丽的百合花的种子，随着风，落在山谷、草地和悬崖边上，到处都开满洁白的野百合。使这一带变成了“百合谷”，吸引着大批的游人，慕名而来。

一株小小的野百合，演绎出美丽而感人的故事。林清玄先生在这篇文章里，寄托了爱，寄托了希望，也寄托了一种精神。

这是一种信念，是一种雷打不动的信念。“野百合刚刚诞生的时候，长得和杂草一模一样，但是，它心里知道自己并不是一株野草。它的内心深处，有一个内在的纯洁的念头：‘我是一株百合，不是一株野草。唯一能证明我是百合的办法，就是开出美丽的花朵。’”。正因为有了这种雷打不动的信念，百合终于开出了艳丽的花朵。人生亦如此，首先要有信念，要执着自己的信念，有着那种我就是我，我就能做好的这种自我认定，才能有所为。

这是一种精神，一种执着的精神。野百合在成长的过程中，承受着难以想象的压力，野草讥讽它，蜂蝶鄙夷它。但是，野百合始终坚守着自己的信念，去努力地生长。百合说：“我要开花，是因为我知道自己有美丽的花；我要开花，是为了完成作为一株花的庄严使命；我要开花，是由于自己喜欢以花来证明自己的存在。不管有没有人欣赏，不管你们怎么看我，我都要开花！”野百合默默承受着来自各方面的压力，独行其道，用自己的行动“努力地吸收水分和阳光，深深地扎根，直直地挺着胸膛”，顽强地与自然、与命运、与一切艰难险阻抗争着。“它终于开花了，它那灵性的白和秀挺的风姿，成为断崖上最美丽的颜色”。这花是心血的凝聚，是智慧的结晶，是精神的升华。野百合实现了自己的价值。人生短暂而坎坷，要想有所为，要想成就自己的理想，就要苦下一番功夫，经受住任何考验。风欲摧之吾欲坚，坚定自己的信念，执着自己的追求，学会承受，勇于抗争，在奋斗中实现自己的人生价值。

这是一种心态，是一种宠辱不惊的心态。当“百合谷地”吸引着那么多的游人前来观赏时，满山的百合花都谨记着第一株百合的教导：“我们要全心全意默默开花，以花来证明自己的存在。”野百合在逆境中不馁，在荣誉面前不骄，保持了它那种用我的花来证明我自己的本色。这是一种淡然处事的心态，也是一种承受的精神。生活本身就是一种承受。快乐、痛苦、孤独、迷茫、成功、失败在生活中一样都不会缺少。失败和痛苦往往结伴而来。可是，如果把失败当成人生的一笔不可多得的财富，把痛苦当作人生的一种磨砺，随之而来的，便是成功与快乐。承受痛苦，是人生的必修课；承受幸福，也是人生的必修课。幸福需要享受，但有时候，幸福也会轻而易举地击败一个人。承受幸福，就是要珍视幸福而不是一味地沉浸其中，而要像野百合那样时时刻刻提醒自己“只能用花开来证明自己”。生活中的大部分时间是在平庸中度过的，这种近乎周而复始的平淡无奇的生活，也是对我们的一种磨炼。学会承受平淡，坚定自己的信念，在点点滴滴中逐步去实现自己的人生价值。野百合正是逆境之中塑我艳羡，绚烂之极归于平淡，时时刻刻不失本色。

这是一种境界，这是一种完美的境界。林清玄先生曾经这样喻他文中的这朵百合“大其愿，坚其志，细其心，柔其气”。这正是先生追求境界完美的最好诠释。一棵野百合，虽然诞生的时候，与一般野草，别无二样。但是，野百合到最后却“灵性”之美遍布于山谷，让那么多的人为之垂泪，为之动容。“几十年后，远在千百里外的人，从城市、从乡村，千里迢迢赶来欣赏百合花。许多孩童蹲下来，闻嗅百合花的芬芳；许多情侣互相拥抱，许下了‘百年好合’的誓言；无数的人看到这从未有过的美，感动得落泪，触动内心那纯洁温柔的一角。”每每读到这里，怎不心动？为那灵性的百合，更为林先生的那种完美追求。

《心田上的百合花开》是一篇脍炙人口的散文。作者以拟人的手法，巧妙的构思、优美的文笔，塑造了一个灵性完美的野百合花形象。用“心田”两个字，说明了这花就是人生的一种最高境界——“以清净心看世界，以欢喜心过生活，以平常心生情味，以柔软心除挂碍”。

-2012 年 5 月 -

一只飞倦了的爱情鸟

——解读三毛的自杀

三毛不相信灵感，而我是相信的。我的灵感来自不停地思索，以至于会出现食不甘味、夜不能寐的现象。

三毛之死，用她自己的话来讲便属于一种异象。看似没有答案，生前种种的没有要“自杀”的迹象，那是我们以常人的眼光和心理去看待与推测三毛的思维方式和行动，三毛选择结束自己的生命可以用她自己生前对父母所讲的一段话来作解释。她对父母说：“如果选择了自己结束生命的这条路，你们也要想得明白，因为在我，那将是一个更幸福的归宿。”这也可以说三毛有这种心理倾向，十多年前就有，只是她还没有实施，也就如她信奉的命运没有过早地牵她的手走向死亡而已。因此，三毛之死，是循了一定的轨迹，是必然的。

用“流浪”来形容三毛的一生，很恰当，似乎三毛本人就给自己下了这样的定义。她聪慧地预先便知道自己将不会停歇下脚步，她永远在“流浪”中，正如她自己所说“她之所以流浪，不是为了寻求刺激，也不是寻求浪漫，而是生活的一种所迫。”她的性格决定了她“流浪”的一生，决定了她的“流浪”确确实实是被生活所迫。因为父母太过疼爱，她觉得如温室里的幼苗，她不想做“豌豆公主”，于是便选择了“流浪”这种生活方式。她的生活所迫，完全是来自她的个性，她的世界观。此后的“流浪”便是她求学的过程，也是她追求爱的过程。无论她到西班牙邂逅了荷西并与之“相约六年”，还是她到了台北而遭遇的爱情迷茫，她就像一只追求自由和幸福的鸟儿，奋力展翅，但却遇到了冷风厉雨。

荷西是她生命中最重要的部分，也可以说是她生命主要的精神支柱。六年相约，六年婚姻，这十二年，对于人生来说，可以说长，也可以说短。不能只看待荷西与三毛婚姻的六年是爱的体验，而前面的相约六年是不可或缺的，是爱的积累和爱的见证。当荷西如约、执着、热情地站在三毛面前的时候，三毛心中爱的火花被点燃了。三毛既是一个新潮的女性，又是一个守旧的女性，她脱不了中国古老传统所推崇和称颂的对爱情忠贞的底子，因此她义无反顾地接受荷西的爱，并且全身心地投入到这场两人生命历程中的轰轰烈烈的爱中。

三毛在以后的作品和访谈中，多次提到她的爱情创作观。她说："我的写作生活，就是我的爱情生活；我的人生观，就是我的爱情观。"在她的心中，她这样描述她对爱情婚姻的感受："我认为年龄、经济、国籍，甚至于学识都不是择偶的条件，固然对一般人来说这些条件当然都是重要的，但是我认为最重要的，还是彼此的品格和心灵，这才是我们所要讲求的所谓'门当户对'的东西。"

荷西三毛之恋，在三毛的人生旅途中是最美好的时光。物质的贫穷并不可怕，而有爱的世界是最富有的。荷西视三毛为明珠，晚上睡觉时总要牵着三毛的手，唯恐三毛丢掉。工作再辛劳，他也会惦念着三毛，甚至不止一次地穿着工作服——潜水衣跑回家中看三毛。三毛是一个幸福的女人，她追求的幸福就是爱的富有。为了爱，她与荷西在荒芜的撒哈拉结合；为了爱，她锁掉家门，不顾经济的异常拮据去荷西工作的孤岛相守；为了爱，她放弃她的天性和喜爱——写作。似乎上天有意安排了这么一段姻缘给这对年轻人，让他们相濡以沫，如胶似漆。

也许，他们预感到了这段姻缘的短暂，两个人近乎"异象"地倍加珍惜，他们紧紧抓牢属于他们的每一分每一秒，相守、相爱。但是，荷西终究还是在三毛的眼皮底下消失了。荷西走了，三毛也走了。因为荷西和三毛是换了心的，荷西的人走了，带走了三毛的心。而三毛留在了这个世界上，她的那颗心已经是荷西的。

三毛又开始了"流浪"，这次的流浪的确是被生活所迫。她不是生活在真空里，或者是真的生活在"世外桃源"里，她属于这个社会，她有亲情和责任，婆家的，娘家的，她都要顾及，她是一个凡人，是一个公民。

三毛的父母疼爱这个女儿，因此泪眼婆娑地希望女儿活下去，因此才会有下面的这段对话：

前一阵在深夜里与父母谈话，我突然说：“如果选择了自己结束生命的这条路，你们也要想得明白，因为在我，那将是一个更幸福的归宿。”

母亲听了这话，眼泪迸了出来，她不敢说一句刺激我的话，只是一遍又一遍喃喃地说：“你再试试，再试试活下去，不是不给你选择，可是请求你再试一次。”

父亲便不同了，他坐在黯淡的灯光下，语气几乎已经失去了控制，他说：“你讲这样无情的话，便是叫爸爸生活在地狱里，因为你今天既然已经说了出来，使我，这个做父亲的人，日日要活在恐惧里，不晓得那一天，我会突然失去我的女儿。如果你敢做出这样毁灭自己的生命的事情，那么你便是我的仇人，我不但今生要与你为仇，我世世代代都要与你为仇，因为是——你，杀死了我最最心爱的女儿。”

父母的话，无不刺痛着她的心，在肉体上她还是三毛，是父母的孩子。

公婆以西班牙人的方式来处理这个未亡人与他们的关系。这个时候，三毛的心是荷西的，也正以所谓的“法律”以及对于父母的养育之恩回报了这个家庭。

三毛如一只飞倦了的鸟儿，又犹如她所描述的沙漠的骆驼，她太疲惫了，艰难地走过了 12 年后，她终于走不动了。她用荷西的心坚忍地履行了自己的爱。虽然生前她毫无迹象要“自杀”，她有约贾平凹，死前还在静心看书，这不得不说，这就是三毛的作风。她是凡中人又不是凡人，她虽然无法割断与社会的联系，但是她的思维方式却有着她自己的特性，正如她怕被“疼坏”而选择了“流浪”一样，她也以同样的不被人接受的方式，结束了自己的“流浪”。

三毛为爱所生，为爱而走。不管她用了哪种方式，她都是一只爱情鸟。这只爱情鸟这样鸣唱着：“其实人生的聚散本来在乎一念之间，不要说是活着分离，其实连死也不能隔绝彼此的爱，死只是进入另一层次的生活，如果这么想，聚散无常也是自然的现象，实在不需太过悲伤。”

三毛留给我们最大的启示，就是真实，做自己想做的事情。

-2013 年 2 月 -

再读高尔基的《童年》

在朋友家偶尔看到了高尔基的《童年》，很是惊喜。在初中时我读过此书，对于里面的章节便有一个初步的印象。后来时隔那么多年，就再也没有拜读过此书。今天居然见到了此书，虽然书皮有些发黄了，但是我还是借走以阅。朋友笑我痴，我不置可否。实际上，我读书的热情，远没有过去的高涨，更没有静心读书的自制力。不过，我还是在一周之内读完了这本书。

掩卷沉思，身处 21 世纪去体会旧俄罗斯时代，别说那“80 后 90 后”，就连我这个“60 后”的人，对于那个时代的人和事，他们的思想、他们的思维、他们待人处事的态度方式，真的让我难以理解。当初，我读这部书时，是因为敬仰这位作家，然后便怀着一种崇拜去读，去感受，加之老师有的放矢地引导，我真的对这部书怀有特殊的感情，为故事的看似平淡却是血腥十足而揪动着每一根神经，为作品中的主人公也是作者的代言人“阿廖沙”寄予了浓厚的感情，为他哭，为他恨，为他鸣不平。并且由此而想到他所处的那个年代，不平等的社会制度铸造了贪婪和嗜血成性，也为善良的外祖母而惋惜。

今天再读《童年》，认识颇不同。我能够更理智地去看待、去认识、去感受那个年代，更全面更客观地去看待分析作者笔下的那些个人物，而不是单纯的“好人”“坏人”之分。只有融入那个社会，设身处地地去体验生活，才会真正地了解那个社会，了解那个时代，了解社会弊病的症结所在，才能真正地走进作者，聆听作者的心声。

一 题目命名得好

相信每一个人的童年，都有他美好的回忆。不管环境如何，家境如何，那容易满足的本身的童趣，足以让人一生难忘，一生追忆。而作者的童年却没有什么欢乐，他生活在冷酷中，亲情和友情都是淡淡的，没有责任，更没有热情。

阿廖沙是母亲和父亲自由恋爱的产物。外祖父家算得上是个殷实的人家，但是不受欢迎的父亲自然不能在这个家里待下去，只好带着妻子离开这里，自谋生路。而恰恰这个理应好好照顾妻子儿女的大男人，却撒手人寰，留下了无助的妻儿。阿廖沙和母亲只好投奔外祖父。

阿廖沙母子的到来，无疑给贪婪吝啬的外祖父带来了不悦，更不能容忍他们的是阿廖沙的两个舅舅，财产本来是两个人分的，结果多出了一个继承者，怎不对这娘俩恨之入骨？受歧视、挨打在这家里成了阿廖沙的生活模式。在这样恐怖、冷酷的环境里长大的阿廖沙，对一切也是表现出一种冷漠。好朋友小茨冈的死，他只是躲在一边瞅着；米哈伊尔舅舅、雅科夫舅舅和外公的对峙，他看成了一种很好玩的游戏；被关在“笼子”里的三个玩伴，要说这算是他最好的朋友了，而他想到的是去捉弄他们。在这个年代里，他学会了恨。这就是童年。一个与天真、美好、欢乐格格不入的童年。这就是作者的妙笔之处。表面在记述一个孩子的童年的经历，实际上，是在逐层撕开那个包裹着上层社会的华丽外衣，丑陋、罪恶、贪婪、残酷、自私、无情，在读者面前暴露无遗，把血淋淋的社会现状展示给了世人。让人读来，被一种黑暗笼罩着，都要窒息了。

二 犀利的笔锋，揭示社会，诠释人生

纵观全文，里面刻画的人物大部分是处在社会底层的劳动人民。但是这多数人的命运却掌握在少数人的手里。勤劳善良是他们的美德，而贫困忧伤是他们的专利。作者这样描述道：“过了很久以后，我终于明白，俄罗斯人由于贫穷，都

喜欢拿忧伤逗乐，玩弄痛苦，常常像天真的孩子似的，就是遭到不幸也很少感到羞愧。”“在没有尽头的岁月里，打架斗殴就是过节，闹了火灾反倒成了可以解闷。在呆板的一无所有的脸上，伤痕往往也给人增添色彩。”这是旧俄罗斯人的真实的写照，那种麻木的心态被刻画得淋漓尽致。

“童年时期我常常把自己看作一个蜂窝。形形色色的普通人就像蜜蜂一样，把各自的蜜——知识和生活感受送进蜂窝里，他们从各个不同的方面慷慨大方地丰富着我的心灵。这种蜜往往带着污垢，味道是苦的。但是要是知识，就是蜜。”这段语言很精彩。作者没有把苦涩的童年看成是一种痛苦的经历，而是把它看成了一笔财富。这笔财富在他今后的道路中，取之不尽，用之不竭。这笔财富，教会他什么叫坚强，什么叫奋斗；这笔财富，铸就他成为一名出色的革命战士；这笔财富，奠基了一个文坛巨匠。

三　人物在故事的“争吵打闹”中栩栩如生

《童年》这部作品里，人物很多，每一个人物都有鲜明的特点。而这些鲜明的特点，不是在作者刻意白描中，而是让读者通过那些不断地争吵打闹，通过语言、动作、神态自己归塑人物形象。

“第一次被外祖父家两个舅舅分房子的事情搞得一团糟，吓得藏到了炉炕上，不小心把熨斗碰翻了。”写出了阿廖沙的恐惧，感到了外祖父一家的陌生。“外祖父闻声跳了起来，冲到梯子上，把我从炕炉上揪下来，仔细打量我的脸，仿佛初次见到我似的。”几个连续表示动作的词“跳”“冲”“揪”“打量”，把外祖父的气急败坏、凶狠刻画了出来。紧接着，外祖父问道：“是谁把你放在炉炕上的？是你妈妈？你撒谎！活像你爸爸，滚开！”这哪里像一个慈祥的外祖父，简直就是一个恶魔。

外祖父和外祖母分家，在一次喝茶的时候，他忽然沉下脸，语气坚决地对外祖母宣布：“哎，老婆子，我一直养活着你，现在我也养够了！今后你自己挣钱吃饭吧。”外祖父和外祖母分家后，两个人仍然在一起做饭吃，但是，两个人分得很清。每逢外祖父出钱买东西，饭菜就稍差一些，因为外祖母买的全是好肉，而外祖父总是买些肠子、肚子一类的内脏。茶叶和糖他们各自保管着，但是在一个茶壶里煮茶，外祖父常常不安地说：“别忙，等一下，你放了多少茶叶？”他把茶叶放在手心里，一丝不苟地数一遍，说：“你的茶叶比我的碎，我就该少放一些。因为我的茶叶大，所以泡的茶多。”连神像前的长明灯的油也是各买各的。

两人同甘共苦五十年，善良的外婆曾经为了救外祖父而不惜自己的生命，到头来竟落得如此地步！外祖父对与自己朝夕相处几十年的妻子尚如此，何况对于别人呢？常言说：“虎毒不食子！”而外祖父和两个儿子之间却是生与死的较量。阿廖沙的母亲虽然有继承权，但是自私的外祖父却不肯留一点给她，阿廖沙更是他的眼中钉。谁造就了外祖父这种自私、贪婪、无情？这不得不引起读者的思考。

四　仁厚、善良的外婆，给人更大的启示

《童年》这部作品里，给人印象最深的就是外祖母了。外祖母的胸怀和她的高大身躯合二为一；外祖母的善良和她的勤劳勇敢合二为一；外祖母的坚忍和她的不服输合二为一。可以这样说，作者刻画外祖母这个人物，是对唯美主义的一种追求，是美好情怀的一种渴望，是对和谐文明社会的一种向往。

外祖父有一个上帝，外祖母也有一个上帝。外祖父的上帝不爱任何人，他老用严厉的目光看待一切。他看人首先看缺点，寻找人身上的阴暗和罪恶，他不相信任何人，总是等着人们向他忏悔。他热衷于惩罚人；外祖母的上帝是一切生物最可信赖的朋友，是仁慈的，他能够宽恕所有的人。大家知道，每个人心里的上帝就是自己。你是善良的，自然上帝也是善良的。外祖母正是善良的化身。

外祖母是宽容的。当为之奋斗了一辈子的“家”抛弃了她时，她没有抱怨，而是很平静地说：“好吧，既然你不愿养活我，我还能怎样？”尽管如此，她还是被无情自私的丈夫算计着，她还要挣钱养活阿廖沙，但是，她总是像一个大球

一样，“滚来滚去”，乐呵呵着。

外祖母心中没有恨。外祖母一生生了十八个儿女，但是只活了三个孩子。外祖母说：“上帝看中了我的亲骨肉，接二连三地把我的宝贝儿拿去当天使了。我又心疼，不过又高兴！好的上帝拿走了，给我留下来的都是孬种。”正因为外祖母心中充满了爱，她对所有人好。她促成女儿的好姻缘，她周旋于外祖父和两个儿子之间，她照顾无依无靠的阿廖沙，她体贴照顾那些下人。她没有烦恼，更不觉得痛苦。因为她付出了爱，不图任何回报。作者正是希望新时代的人们都应像外祖母那样勤劳善良，希望这个世界充满爱。

五　一种健康、文明、人道的生活追求跃然纸上

读此文，突然想到了医生给病人看病。一个好的医生，在接待病人时，他不会盲目地开药，他要通过认真仔细地望闻问切，才下方子。因为他明白，只有找到病因，才能药到病除。

《童年》整部作品都在揭露旧俄罗斯的丑恶。他在文中写道：“外祖父家里，弥漫着人与人之间的仇恨；大人都中了仇恨的毒，连小孩也热烈地参与了进来。”是啊，这种毒蔓延到了整个俄罗斯，无论是社会上层还是社会下层。那种虚伪，那种凶残似乎深深刻在了每一个俄罗斯人的骨子里。作者这样大胆地去写这些丑恶的东西，就是让这些丑恶震撼人的心灵。当大家窒息到一定程度后，就会自救，就会反抗。

“我们的生活是令人惊奇的，这不仅因为在我们生活中这层充满种种畜生般的坏事的土壤是如此富饶和肥沃，而且还因为从这层土壤里仍然胜利地长出鲜明、健康、富有创造性的东西，生长着善良人所固有的善良，这些东西激发起我们一种难以摧毁的希望。希望是生生不息的，充满人道的生活终将来临。”

这就是作者写作的真正意图，也是对人们的昭示。

六 给我们当代作家的启示

作者的这段话给我留下了深刻的印象，他说：“回忆起野蛮的俄罗斯生活中这些铅样沉重的丑事，我时时问自己，值得写这些吗？每次我都重新怀着信心回答自己：值得！因为这是一种富有生命力的丑恶的现实，它直到今天还没有躺下。这是一段要想从人的记忆、从灵魂、从我们一切沉重的可耻的生活中连根铲除掉，就必须从根儿了解的现实。”

我们伟大的中华民族，已经走过了5000年的文明历程。在古老的中华大地上，勤劳、勇敢、智慧的各族人民共同开拓了幅员辽阔的国土，共同缔造了统一的多民族国家，共同发展了悠久灿烂的中华文化。我们的国家在蒸蒸日上。

但是，前进的道路不是一帆风顺的，没有人给我们划出正确的轨道来。因此在前进中，难免会有失误，会犯这样或那样的错误，还会有社会的蛀虫。因此，在摸索中前进，就需要不断地反思、纠正，做出正确判断，走出一条切实可行的道路。

作为当代作家，就要和时代脉搏一起跳动，就要有一双慧眼去看世界，以一颗正直的心，一种宽大的胸怀，拿起自己的笔，客观公正地去书写社会，书写人生。功德是需要歌颂的，美好的东西是需要赞扬的。但是，那些确实存在的丑陋的东西，阻碍社会前进的不利因素，也要敢于揭露。只有这样，才能唤起人们的警觉，才会更好地去寻求一条富国兴邦的路子。不要讳疾忌医，要放于正视自己的缺点，虚心接受别人的批评与指正。罪恶不怕揭露。让那些丑陋的东西暴露在阳光之下，让那些肮脏龌龊无处遁形。我们的祖国会更加繁荣昌盛，人民安居乐业。一个健康、文明、和谐、富足的国度会巍然屹立在世界东方。

-2011年4月-

不负我心

对于张爱玲与三毛两位女作家，我都喜欢。

源于她们是女性，更重要的是源于她们的作品。我的作品，与两位女前辈有着极其相似的地方。尽管两位作家写作风格迥异，我却有她们不同的所在。

张爱玲在作品里总是向人们反复提醒着：我们所有现今的文明终会消逝，只有人性的弱点得以长存于人间。而我的作品也在讲人性，但是我讲的人性是积极向上的，是不被泯灭的良知；三毛用自己的一生来写，实际也是在写自己的一生。她的取材来自她平素的生活，她的文字出自她的内心。而我的写作风格恰恰像极了她。

一　独标孤高、亦雅亦俗的张爱玲

张爱玲的性格中聚集了一大堆矛盾：她是一个善于将艺术生活化，生活艺术化的享乐主义者，又是一个对生活充满悲剧感的人；她是名门之后，贵府小姐，却骄傲地宣称自己是一个自食其力的小市民；她悲天悯人，时时洞见芸芸众生“可笑”背后的“可怜”，但实际生活中却显得冷漠寡情；她通达人情世故，但她自己无论待人穿衣均是我行我素，独标孤高。她在文章里同读者拉家常，但却始终保持着距离，不让外人窥测她的内心；她在 20 世纪 40 年代的上海大红大紫，一时无二，然而几十年后，她在美国又深居简出，过着与世隔绝的生活，以至有人说：

“只有张爱玲才可以同时承受灿烂夺目的喧闹与极度的孤寂。”

现代女作家有以机智聪慧见长者，有以抒发情感著称者，但是能将才与情打成一片，在作品中既深深进入又保持超脱的，除张爱玲之外再无第二人。张爱玲既写纯文艺作品，也写言情小说，《金锁记》《秧歌》等令行家击掌称赏，《十八春》则能让读者大众如醉如痴，这样身跨两界，亦雅亦俗的作家，一时无两；她受的是西洋学堂的教育，但她却钟情于中国小说艺术，在创作中自觉师承《红楼梦》《金瓶梅》的传统，新文学作家中，走这条路子的人少而又少。

张爱玲是一个生活在自己故事里的人，她一旦动情，就会像飞蛾扑火一般，是个至情之人。对于张爱玲来说，爱情只要欢娱静好即可，胡兰成是懂张爱玲的，懂她贵族家庭背景下的高贵优雅，也懂她因为童年的不幸而生成的及时行乐的思想。仅仅这一个“懂得”，也许就是张爱玲爱上胡兰成的最大原因。其实细细分析来，张爱玲本身就不是一个世俗之人，她不以尘世的价值观去品评一个人。她没有什么政治观念，只是把胡兰成当作一个懂她的男人，而不是汪伪政府的汉奸；对于胡兰成的妻室，她也不在乎，因她似乎并不想到天长地久的事。她在一封信中对胡兰成说：“我想过，你将来就是在我这里来来去去亦可以。”也许她只在乎胡兰成当下对她的爱，其他的，她都不愿多想。胡兰成的年龄比她大出很多，但这也许又成了她爱他的原因。张爱玲从小缺乏父爱，便容易对大龄男性产生特别的感情，所以，年龄问题也不是障碍。于是，她倾尽自己的全部去爱他了，就这样在世人诧异的眼光中相爱了。爱得那样的超凡脱俗。

《小团圆》，几乎就是张爱玲的自传。《小团圆》主要写了张爱玲浅浅的一生。为什么用“浅浅”这个词呢？我觉得在小团圆里，张爱玲描写的无论是谁还是她自己，都是那么浅淡。让人感觉到她所处的环境以及她的亲人们，都那么没有真情实意，每个人之间都相距很大的距离。她与亲生父母之间是，她与好友之间是，她与她爱的人之间是，她与爱她的人之间是，即使与她看起来还值得信赖与依靠的姑姑之间也是。

这里面的感情总是平平淡淡的。战火纷飞，炮火连连，而不显得惊慌与恐惧，我行我素，依然是我。不想学就不学，想怎么吃顿饭就怎么吃顿饭。像蕊秋之流也并没有因为战争而放弃个人独有的生活。只不过增加了一个去异地的理由，她仍是心灵的旅游者，道德的自由者，生活的享受者。离婚、结婚、被抛弃，这些看似肝肠寸断义愤填膺的事，在这里却是冷漠得很，平静得很，像是这些情事不曾在心中有过。

张爱玲是一个悲剧人物。儿时的欢乐时光一闪即逝，青少年时期都在没有目的惴惴不安中度过。爱情也是那么让人难以理解，感觉不到有什么温馨依恋，更感觉不到有什么幸福。似乎，她与这个世界无关；这个世界与她，也似乎无关。当她香消玉殒，留给世人那个年代生活的缩影，这也许就是她走这一遭的价值吧？垂暮之年，栖栖惶惶，孤独的心灵始终游走。

张爱玲惨淡来，惨淡去。不，应该是随风而来，逐风而去。世人如何解读，那与她毫不相干了。她没有了一丝一缕与这个世界的牵挂。

二 敢爱敢恨、纯真浪漫的三毛

我倒真的佩服起三毛来了，真真切切，敢爱敢恨，把自己短暂的一生活得有滋有味的。当然，留给后人怎样的评价需要时间的证明。也许，至今还没有一人能达到她生存意义的所在。

三毛散文取材广泛，不少散文充满异国情调，文笔朴素浪漫而又独具神韵，表达了作者热爱人类、热爱生命、热爱自由和大自然的情怀。其游记散文如《撒哈拉的故事》《万水千山走遍》融知识性、趣味性、艺术性为一体，具有较高的文化审美价值。叙述哀情的散文如《云在青山月在天》《不死鸟》《背影》《似曾相识燕归来》等风格沉郁，淡泊，显得炉火纯青，更具耐读性。

三毛从来不刻意追求某一种技巧和风格，一切都显得平实与自然。然而在她信笔挥洒之中，却又蕴涵无限，这也许是一种更高的技巧和风格吧。有读者认为“流浪”才是她真正的名字，无论是她遗留下来的众多作品、她的游历和她心灵情感的转折，都是充满一点点浪迹天涯的意味。

事实上，三毛的作品，特别是由《撒哈拉的故事》开始，便是她游历的记叙，也是她情感的记叙。与荷西一道生活的年月，三毛的文章充满欢笑、喜乐，读者阅读她的小说，仿佛感受着她愉快的婚姻生活，就是面对着大风沙的侵袭，她也是积极和乐观；然而，自荷西死后，三毛的文章却一下子“暗淡”起来，文字不再有笑容，代替的只是无尽的悲伤，这时候，作品塑造了三毛一个哀伤过客的形象。

“我女儿常说，生命不在于长短，而在于是否痛快地活过。我想这个说法也就是: 确实掌握住人生的意义而生活。在这一点上，我虽然心痛她地燃烧，可是同意。三毛父亲陈嗣庆曾如此说。

“三毛是个纯真的人，在她的世界里，不能忍受虚假，就是这点求真的个性，使她踏踏实实地活着。也许她的生活、她的遭遇不够完美，但是我们确知：她没有逃避她的命运，她勇敢地面对人生。在我这个做母亲的眼中，她非常平凡，不过是我的孩子而已。”三毛母亲穆金兰女士说。

三毛是一个用生命去写作的作家，她的散文世界就是她散文化的生命世界，读解三毛散文世界即是读解三毛，散文形式对于三毛来说就是一种生命存在的形式。在这个意义上，三毛的这种“三毛体”的散文具有一种与众不同的特点。

第一，倔强的孤独。她的孤独表现在她独特的个性，她是一个一意孤行的倔强女子，她的多愁善感，她的感情丰富，她的敏感，她的细致，她的幻想，她的天真，她的浪漫，她对美好事物的向往，她的我行我素，她对美的认知，对美的不懈追求。油画作品《珍妮的画像》，一次次地去欣赏，表现出她对美丽的向往；沙巴军曹和她建立的纯洁的友情印证出她的善良，而她同龄的小朋友，却没有这样的表现；她和女同学跟男生的约会，那种朦胧的对异性的爱的甜蜜，表现了她的早熟。她在日后德国留学的日子里，演绎了一场倾城之恋，把一位少女对爱的渴望表现得淋漓尽致。她是一个多情的女孩，她从小就向往王子与灰姑娘的神话故事，生活在自己向往的爱的世界里。她在追寻着，用一生的时间，不停地追寻着。直到她遇到了荷西，终于使自己的爱有了归宿，可是不幸的是，她的爱人却突然离开了她，又使她孑然一身。她的心碎了，她的爱累了，她在艰难地跋涉着。

第二，我笔写我心。“因为我在这个世界上，向来不觉得是芸芸众生里的一分子，我常常要跑出一般人生活着的轨道，做出解释不出原因的事情来。”“不记得在哪一年以前，我无意间翻到了一本美国的《国家地理杂志》，那期正好在介绍撒哈拉沙漠。我只看了一遍，就莫名其妙、毫无保留地交给了那一片陌生的大地。”“撒哈拉沙漠，在我内心的深处，多年来是我梦里的情人啊！”走遍了万水千山的三毛，为了追求心中的梦想，走向撒哈拉沙漠，她义无反顾地去了，在那里开始了她人生第二次的写作高潮。《撒哈拉的故事》《五月花》两部作品集中描写的是三毛自己的故事，坦露的是私人性的情感体验；《士为知己者死》写的是米盖无奈的世俗婚姻，折射的是三毛追求个性平等的现代爱情观；《沙巴军曹》《哭泣的骆驼》塑造的是特殊政治背景下的悲剧性人物，坦露的是三毛悲天悯人的人道主义情怀；《卖花女》《永远的玛利亚》揭示的是人间自私、欺诈、无耻的行为，反衬的是三毛夫妇的善良、淳厚。无论是往来密切、感情相通，如与姑卡、达尼埃、哑奴、沙伊达、鲁阿这些沙哈拉威人的交往；或是和周围环境发生着碰撞与矛盾，如与卖花女、玛利亚的相遇与纠纷。一旦作品的主人公命运或性格心态发生演变，“我”不可能无动于衷，漠然处之，“我”势必对这一切做出情感反应和价值判断，“我”的性格也会在生活的各种碰撞中迸出火花，散发出自我的主体精神和人格光辉，这实际上是从特殊的角度完成了三毛形象的自我塑造。

第三，对美好的不懈追求。《哭泣的骆驼》写了朋友一家的善良、和睦、亲情，他们一家为了追求民族的独立坚持不懈、英勇奋斗、视死如归的精神，《背景》里写父母之爱，写丈夫荷西死后，父母的拳拳之心，为了安慰和照顾自己，“哀伤，那么明显地压垮了他们的双肩，那么沉重地拖住了他们的步伐。”“当我黄昏又回荷西的身畔去时，看见父母亲的那束康乃馨插在别人的地方了，那是荷西逝后旁边的一座新坟，听说是一位老太太睡了。老婆婆，花给了你是好的，请你好好照顾荷西吧！”在《梦里花落知多少》中三毛写道：“我们的家伙什总比外边的好些，为着荷西爱朋友的真心，为着他热切期望将他温馨的家让朋友分享，我晓得，在他内心深处，亦是因为有了我而骄傲，这份感激当然是全心全意地在家事上回报了他。”在这篇文章里，三毛尽了她的《红楼梦》的情结，用诗一般的语言把她和荷西的爱情描写得淋漓尽致、美轮美奂、凄艳动人。

不管张爱玲也好，还是三毛也好，这些女作家，都具备了一定的潜质，那就是对文字的狂热。她们笔下的作品，给人以各种享受，而她们本人来说，并不一定是真正意义上的洒脱，起码她们的精神世界是不稳定的，是带有枷锁的，是歇斯底里的。

我认为这是一种因缘，是上苍的有意安排。写作的女人，付出的代价要比男人多，女人的肩膀羸弱得多，由她们本身来决定，也由社会环境来决定。

我相信，上苍也赋予了我这种潜质。我写，我随缘。我不再去刻意做什么，只写我心中的文字，写我眼中的生活，写我的感受。

不负我心！

-2014 年 8 月 -

论作家的骨气

人不可有傲气，但不可无傲骨。作家，创作作品，首先作家自己要有自己的思想，要有自己的立场，要有自己的判断，要有自己的品位。这就是作家的个性，也就是作家的傲骨。其次，作家要不断学习，不断提升自己的内涵，要形成自己的气场。因为每个人在这个世上的存在都是独一无二的，所以每一位作家创作的作品也应该是这个世上独一无二的。第三，作家在创作过程中，要有百分百强于任何人任何事的自信。自信是作家创作的动力源，是创作精品的保障。

一个作家，如果没有傲骨，那么就不要去创作。即使文笔再好，创作出来的东西，也是软骨的，是没有灵魂的，是附庸于早已模式化的载体上的寄生虫，是摇曳在东风西风中的墙头草。鹦鹉学舌，再惟妙惟肖，也没有自己的语言，也难以让人们知道它内心想要表达什么。久而久之，大家注重的是鹦鹉摹拟的程度，而不会去关注它还是一只鸟，甚至觉得它存在的价值就是学舌。学舌，犹如东郭先生的滥竽充数，一旦失去或改变了欣赏的对象，那么它的生涯也就结束了。这是一个追求效益的时代，做一个高品位的作家，尤其是做一个具备自己个性的作家，是很难的。物质的，文化的，只要是垃圾的东西，有骨气的作家，是不应该随波逐流的。

文学作品，来源于生活，而高于生活。一个个性的作者，其生活的阅历，生活的历练，以及对生活的分析判断，时时处处，都与当时的情境难以分开。情感上的，思维上的，理论上的，都是最具体、最真实的一线材料。情境瞬息万变，具体的物象会随之变化，抽象的构架也会随之变化。所以，作者一定要有自己的创作原则，要有自己的立场，要毫不犹疑地去捍卫它，保护它。作者要坚守自己的创作阵地，要确保它的神圣。只有神圣的创作，才会有神圣的作品。

环境，不管是自然的，还是人为的，都会影响创作，甚至会对作者有着致命的伤害，会颠覆作者的人生观，会牵引着作者写出连他自己都深恶痛绝的东西。一个作者，要想永远保持住自己创作的快乐初衷，那就要不断地审视自己，调整自己，纠正自己，提升自己。

所谓的创作快乐初衷，就是作者从内心想要描述的，想通过作品来展示的个人对于人生价值观的认识与判断。创作是艰辛的，也是快乐的，作者不断地探索，不断地认证。作品中的人文价值与人物的喜怒哀乐，便是作者的心迹描述。作者创作中，不会去考虑作品的文学价值，更不会去考虑作品的任何效益及效应。作者唯一关注并倾心努力着的，是能否完好无损地展示社会风貌。作者注重作品的真实性、合理性、知识性、逻辑性以及智慧性。创作不同于舞台，不需要去考虑观众的互动性，更不会为了与观众的互动性而哗众取宠。作品是作者的，喝彩是观众的。作品投入到观众中去，或早或晚，真正的作家是不介意观众的反应的，也没有心思与精力去等待所谓的效应的。一部具有生命力的作品，如真金，埋在土里终究会被发现，会发光，扔在烈火里经得起淬炼。具有傲骨的作者，创作的过程就是享受快乐的过程。

作者要有良好的心态。不以物喜，不以己悲。个性的作者，走的是自己的一条路。因为他知道，别人的路是属于别人的，不属于他。任何人的指手画脚，或者是诚恳地让出自己的路让他走，他知道，那条路不属于他。他比谁都清楚，自己脚下的路一定要自己走出来。有骨气的作者，既不冥顽不化，也不自命不凡，但他永远保持着他的清高。欣赏他的人，他报以微笑；诋毁他的人，他不屑一顾。只有有骨气的作家，才会辨得出善恶美丑；只有有骨气的作家，才会历经风雨彩虹，不卑不亢。

人活到老学到老，作家更要不断地学习。一个有骨气的作家，懂得学习中的选择。他明白孔子的“三人行，必有我师”的真正含义。所以，他懂得怎样学习，怎样时时处处地提升自己。与淑人，从中汲取真善，汲取智慧，沟通交流，其乐融融；与小人，从中提升洞察力，辩证看问题，磨炼意志，提升涵养。一个有傲骨的作家，从来不与人争辩，从来都是静心对人。他懂得全方位看人，懂得从中汲取什么，摈弃什么。一个有傲骨的作家，心是虔诚的，自然界的一切，都是他最敬畏的老师。

人的生命有长短，作品的生命没有长短。一个有傲骨的作家，要耐得住寂寞，要经得起风雨，要舍得功名利禄。居于一隅，不觉寂寥；粗茶淡饭，不觉清苦。身在盛世，不骄不纵；身处逆境，不媚不弃；站在高处，清风为伴，云裳加衣，心暖；陷于谷底，山石做屏，潭水为镜，心悦。有生命的作品就在这变化莫测中，就在这五彩斑斓中。有傲骨的作家，如闲云野鹤，吸取天地日月之精华，创作出出世入世之作品。

-2015 年 4 月-

一分钟得失

目之所及，心为之动；耳之所听，心为之动。所想所思，或过去，或未来，或眼前即刻，举棋不定。朝令夕改，心无定数，或虎头蛇尾，或只是心动而无所为。时间如白驹过隙，回首竟一事无成。垂手顿足，悔恨交加。至此，本应吸取教训，大彻大悟，过好每一分钟，走好每一步，从从容容，有条不紊，不急不躁，不奢不妄。但是，总是反复，总是重蹈覆辙。

我精心准备了参赛作品，迎接面试。面对权威的考官，要从容应答考场提出的各种问题。我的准备很充分，心态调整得极好。参加面试的作者七八个，大家不免紧张些，但是都能够从容面对。前面一个考生在紧张应考，他考完了，就要轮到我了。此时，我非常冷静，对于这次奖项我志在必得，有着充分的把握。突然，考场外有人叫我，说是非常紧急的事情，考官示意我可以出去一下。我匆匆走出去，与来人紧忙说着应该说的事情。当我重新返回考场的时候，听到了主考官的声音："三次叫号已过，超凡弃考。考试全部结束，退场！"我想叫住那些人，但是我的声音小得连我自己都听不到。主持人走过来，带着一副同情的表情，说："你只差这一分钟啊！你只要早进来一分钟，就不至于是这个结果了，起码能给你一个机会的。"他摇着头，带着一副无奈的表情，走了。是啊，只差一分钟，而我这一分钟是干什么了呢？脑海里极力搜索在外面是否说了多余的话，我在寻找着一分钟用到了什么地方。众文友围过来，七嘴八舌，他们说："你知道不知道这个考试是现场直播？你知道不知道这个考试的级别有多高？你知道不知道这个考试的结果意味着什么？你知道不知道这个考试只是形式上的，是通过媒介对外进行宣传？你啊，关键时刻掉链子，有天大的事也不能走开啊！"

一分钟，只是一分钟啊，多年的努力，多年的心血，被这一分钟牢牢地挡在了名利之外。我看到天空是灰暗的，眼前的一切也都是灰暗的。饭，总得要吃吧；事情，总得要做吧；日子，也总得要过吧。我心灰意冷，无精打采，谁看我都是一脸茫然。突然，有一天，我与同事们一起说笑，我的心一下子变得轻松起来。我这才仔细回味，这些日子来，虽然我是一副苦大仇深的样子，但是却没有一个人在乎我的表现，也从来没有一个人说起那次电视直播的事情。似乎，那件事情从来没有发生过。我明白了，名利于每个人都是身外之物，这个东西本来就不是与你一同来到世上的，它也不会被你带到另一个世界里去。你的名利与别人无关，你是你，别人是别人。你得奖了，那是你自己的事情，别人照样过自己的日子；你没有得奖，那还是你自己的事情，别人也还是照样过自己的日子。你心里所想的，无非是自己的得失在人们心目中的印象。其实，谁又会在乎你的得失呢？就如你不太在乎别人的得失一样。所以，不要把自己抬举得太高了，别人并没有看你那么高。

得失，是相辅相成的。有得便有失，有失便有得。一分钟，让你失去了唾手可得的名利；一分钟，让你幡然醒悟了做人的道理。一件事情，对你伤害的程度与事情本身没有任何关系，取决于你对这件事的态度。你看重名利，你就觉得自己损失很大；你看淡名利，你就觉得自己没有什么损失。便又想到水与酒的关系。酒，是好东西，美酒好心情嘛！但是，水却是万物生存之源，水以它淡淡的色香味全无的本质，延续着生命这个载体。所以，平淡是本分。人只有在坚守本分的情况下，才能快快不息，才能创造出意想不到的精彩。精彩是呈现给这个世界的，是对自然界赐予我们生命的自然回馈。

命运是公平的。冥冥中，一分钟，让你患得患失，给出了你不一样的结局。看似唾手可得的，眨眼消失；看似遥不可及的，却就在你的身边。你不得不折服于命运的神奇，不得不努力调整自己的心态。从此，不会再为生不带来死不带去的东西所左右，相信，一切皆有定数。

不要过于看重名利奖项。是你的，迟早要来；不是你的，来了，你也抓不住。当你放下了一切心事，忘掉了失落，与大家一同做事情说笑的时候，原来大家并没有如你之前想象的那样，看你的笑话。他们或许就根本没有在乎过这件事情，是你自己把自己折磨得够深。所以，不要把自己看得多么重要，也不要把事情想得多么糟糕。世事，走出来或者陷进去，取决于自己，救赎自己的也是自己，让自己快乐与痛苦的还是自己。一旦认准的事情，该怎么做就怎么做，要一直做下去，不要考虑其他，不要考虑得失，也不要考虑有什么意义。人活在这个世界上，不能白活，那样没有意思，如行尸走肉。但是，活着也不能太累，往往累自己的是不能放过自己的那颗心。名利，责任，荣誉，都是累自己的心。心太累的时候，就要放下。这些东西都是身外之物。要善待自己，只有善待好了自己，才能有对待他人好的资本。先做好自己，再去关心他人。其实，他人又何须你去关心？还是做好自己吧。做好自己，就是对他人的一种负责。

-2015 年 4 月 -

随　缘

小时候特别喜欢看《山海经》里的故事，当时还只是好奇，为什么夸父一直追着太阳奔跑，精卫为什么总不断地衔着树枝石块投向大海？但是大人们总是告诉我，夸父想追到太阳，所以一直跑，渴了喝干了黄河和渭水，最后还是渴死在大泽。精卫虽然小，但是它年复一年的这样投石想把大海填平。他们都是在努力地做自己的事情，这是一种精神，所以你一定记住任何事情都要努力。

多少年过去了，我还一直记得这话，不过现在我突然醒悟，夸父再怎么厉害，再怎么努力，怎么可能追到太阳；精卫再怎么努力，就是填上一万年都不会填平大海。因为他们所做的事早就有结果，对于他们而言不过是一种自欺欺人的行为，这个世界有很多事情，不是只要努力就什么都可以得到。

生命中注定有太多的离开。我们常说，人走茶凉。人离开了，但是茶还是茶，茶还在。生活也是这样，我们每个人都会经历认识一些人，建立关系，相互了解，成为朋友。然后有一天，他对你说，他要离开这里了想去远方看看。你是留他呢还是送他呢？无论你心中有多么的不舍得，不愿意，以至于有点分离性焦虑，你的努力在离开、分别面前都会显得软弱无力。他离开了，生活却依然继续着。这种感觉，当数学生时代体验最明显了。每一次的毕业，都是一次分离。但是分离不一定是永别，或许，是为了下次重逢的喜悦。

没有选择的出身。无论谁，无论做出什么样的努力，都无法改变。因为我们无法选择自己的出生，无法选择自己的父母，无法选择出生在哪个历史时期，哪一个国度或是成长的周遭环境。有这样一个真实的故事，一个从贫穷的山村走出的男孩，后来与一个城里的姑娘结婚了，社会地位、工作环境、生活条件在他的努力下都改变了。但他妻子有时候会说他的出身，这让他很介怀。突然有一天一个衣衫褴褛、驼背佝偻的女人敲了他们家的门，夫妻俩开门一看，女人露出鄙视的眼光，男人露出无奈和难受的表情。这个妇人正是男人的妈，但他在城里妻子面前努力地保持镇定说："这是我老家隔壁的阿姨，顺道来看看我！"老妇人听到了这句话后，流着泪默默地离开了，回去没多久就自杀了。出身，这个特别的印记，谁都无法改变。你可以努力改变你的生活，改变你的社会地位，改变的你未来，但是对出身无论付出什么样的努力都于事无补。与其这样，倒不如不去介意这个，而是接受和容纳。

无可救药的喜欢。有首歌中唱到"相思也是一种病"，有人把爱情比作是一种带着甜味的毒药，让人中毒，然后无可救药。生活里的朋友总会跟我说，我不知道为什么就是喜欢她？但是要我不喜欢她，我想尽一切办法想忘掉她，可就是做不到。还有人跟我说，为什么我对他这么好却得不到他的爱？我把我的青春都给了他，为什么得不到真爱？为什么爱得这么辛苦、这么痛？我总是静静地认真地倾听着，然后告诉他们，有些东西并不是只要你努力了就什么都可以做到，并不是你努力对他好，他就一定对你好，真爱不是你一个人努力而获得的。纷纷扰扰的爱情世界里，是不讲究等值回报的，或许你努力付出了所有，到最后却落个一无所有。

消逝的时间。人生在世如白驹过隙，时间如流水。现在生活中有很多人，确切地说有很多年轻人，他们每天都挥霍着青春和时间，信奉着"今朝有酒今朝醉"及时行乐的原则。于是，他们把年轻、身体、资本都透支了。他们也知道时间过得很快，正是这样，他们认为才要努力地享受每一天。表面上看，这似乎很符合情理。但是，再看看那些中年以上的人，他们都像蚂蚁一样忙碌着，问他们为什么这么忙？他们说，年轻的时候不懂事，就光顾着玩了，没学什么本事，现在努力把以前该学的补回来。可是，真的可以补回来吗？你努力地享乐一天可以过去，你努力地学习一天也可以过去。这二者本没什么区别，但消逝的时间都是一样，一样不可补回来。

不可避免的死亡。死亡，就如漆黑的夜晚里的黑。无边无际的黑，吞噬了一切。有人说，人生就如一列驶向死亡的列车，不知道什么时候到达终点站，也许永远也到达不了。所有人都畏惧死亡，所有人都不可避免死亡。从古至今，不知道有多少奇人异士竭尽一生的努力来追求长生，可惜再怎么努力都无法逾越自然的法则，无法逃脱死神的镰刀。无论你是穷人还是富人，是平民还是贵族，面对死亡都是平等的，谁的努力在死神面前都显得那么苍白。生命是一个过程，死亡是必然的结果。既然是这样，倒不如把努力不死的精力放到努力活得精彩上。

生活中，不只是你，也不仅仅是我，所有人都一样。很多我们无论怎么努力都不会改变的事情面前，我们显得那么无能为力，那么不堪一击。

所以，知道离开是必然就不必挽留，送去祝福吧；知道出身无法改变就不要隐藏，让它成为一种印记；知道感情不可刻意强求，那就随缘吧；知道时间不可停留，就让每刻钟含有价值；知道死亡会出现的未来的某一刻，就好好珍惜现在吧。

生活中并不是只要我们努力了就什么都可以得到做到，我们只需放宽自己的心，平复自己的情绪，平和自己的心境。顺着事物发展的轨迹，该怎么样就怎么样，无需多付出一份毫无结果的努力。

-2008 年 5 月 -

晴雨表

当我推开那扇玻璃门，窃喜。营业厅里安静得很，除了保安，便是两个服务窗口的一男一女两位工作人员。

保安人员热情地指示我在门口的机子上取号，006号。也就在我拿到票号的同时，指示喇叭响起"006号请到1号窗口办理银行业务。"

1号窗口正对大门口，营业厅不大，此时坐在窗口内的是一位姑娘，圆圆的脸庞。姑娘浅浅一笑，说："请问您办理什么业务？"我忙从包里拿出身份证与两张银行卡，从窗口的玻璃板缝隙里递进去，说："这两张卡，一张旧卡，一张新卡。我想把旧卡的钱转到新卡里，旧卡销户。新卡办理手机银行与开通短信业务。"

"您是××小学的吗？"

"是啊！"我回答道。

"那就不用办理旧卡销户业务了。新卡自然升级了。旧卡留着用吧！"

"噢！不过，我留着旧卡没什么用了，以后的工资不在上面打了。请您给我办理销户吧！"

姑娘的脸色由晴转多云。淡淡地说："你非要销户吗？"

"是的。"

"先填个单子吧。"那张脸已经由多云转阴，语调也冷冷的。她自顾自地整理着一沓纸张，并没有要递给我表格的意思。

"怎么填？"我实际是想说没有表我怎么填写。她反倒明白我的意思，眼帘垂着，又是一阵冷风吹过来："那边去填。"

我左右看看，营业厅北边有一个台子，那里是填单子的。实际上我也知道。我只是纳闷人已经坐在窗口了，业务又不是很忙，还要去那里填吗？

我用手指着北边的台子问道："那里吗？"姑娘从鼻子里出来了一个"哼"。

台面是一块玻璃，下面有很多表格分类放着。我正犹豫着到底填写哪一张，靠右侧的门里正好走出一位穿制服的姑娘。她的眼睛很大，满脸和善。姑娘问我打算办理什么业务，我便把我要办理的业务告诉了她。她给我拿出"个人电子银行服务申请表"，告诉我填写这个就可以了。其实，表格也没有啥可填写的，也就"客户姓名，证件号码，联系电话"这几项。当我填好表格转过身时，已有一位与我岁数差不多的大妈坐在 1 号窗口。大厅的椅子上还坐着一位男士在等待。2 号窗口空着，男工作人员也不知道在整理什么。

大妈的业务办理完了。我坐到 1 号窗口前面，正要把表格递进去，工作人员的手按响了喇叭："请 008 号到 1 号窗口办理业务。"我回头看那位男士，他并没有动。大概他发觉窗口有人吧。我正纳闷工作人员为什么有人办理业务还按喇叭，那个冷冷的声音出现了："你是 008 号吗？"

"我是 006 号，你刚才让我去填单子了。"

"现在已经是 008 号了。你要办理业务得重新取号。"

"我为什么要重新取号？我的业务还没办理完呢。"

"你跟 008 号商量一下，看他让不让你。"

"我 006 号为什么要跟 008 号商量？"

"银行规定，叫号不到的视为放弃。"

"我是叫号不到吗？你让我去填单子，我的卡、身份证都已经交给你了，填完单子后就得重新取号吗？"

"拿过来吧。"姑娘的脸可以说是冷若冰霜。

"你要办理什么业务？"

“旧卡销户，旧卡上的钱转到新卡上。新卡办理手机银行与短信业务。”

“哪是旧卡？哪是新卡？”

“602 旧卡，766 新卡。”

姑娘从她身边的机子上拿过我的两张银行卡与身份证，又把我填的单子看了下，问道：“哪张是 1 级卡？哪张是 2 级卡？”

“我哪里知道？你看看不就知道了吗？”我心里很有气，进门时她告诉我新卡都升级了，再来故意问我。

冷冷的声音又响起：“哪个是新卡？哪个是旧卡？”

“602 旧卡，766 新卡。”我见她一副心不在焉的样子。不管怎样，只要给我办理了就行。我这样安慰着自己。

姑娘的脸色阴转多云，语气似乎暖了些，但是话却让人打了个冷战。

“你的旧卡已经销户了。但是新卡办理不了手机银行业务。”

“为什么？”

“银行系统过不来。你过几天再来办理吧。”姑娘的嘴角划过一丝莫名的笑。

忍耐是有限的，我彻底被激怒了。她是利用工作之便在故意刁难。我说她是态度问题，并不是系统问题。她的前后态度的变化，她的种种作为，都是在故意刁难我。不管银行内部揽储也好还是为了工作方便也好，这与储户毫无关系，她不能把心中的委屈发泄给储户。

保安过来好言相劝，有问题好好解决。大堂经理也过来相劝。也就是大堂经理的话，让我更确定了银行工作人员对于我的故意刁难。原来在旧卡手机银行上可以添加上新卡，然后操作新卡为主卡，一切业务就可以到新卡上。当然，这些操作只能银行工作人员完成，个人手机操作，业务范围非常局限。大堂经理问了一句：“你没有先绑定新卡再操作吗？”

姑娘一副无辜的样子，说：“她让我旧卡销户我就销户了啊！”

我很气愤。我说：“是你懂业务还是我懂？我明确告诉你我要办理什么业务了，你在能给我办理业务的情况下这么做是什么意思？”

她把里面的语音部分关掉了，然后嘴巴嘟嘟囔囔，看表情与语气肯定不是什么好话。我说：“你把语音打开，咱俩的话都录上音。你有什么背着人的话啊？我倒要看看这件事情上是咱俩谁的责任。”

争吵中，银行行长出来了，一位微胖的中年女性。大概行长也早知道了这里发生了什么情况，她一方面劝我不要着急，一方面让那位工作人员重新操作，并且也给了那位工作人员一个台阶，让她试试。

姑娘的脸色很难看，语气仍然冷冰冰的。最后，一切业务办理完毕，那位姑娘强作笑颜，说：“对不起！欢迎您常来！”我不想再与她说什么，正常的一句“没关系”或者“谢谢”如果此时说出来，我都感觉对不住我的心。

大堂经理带我到柜员机前，帮我办理了信息提醒业务。她的笑容是暖人心的，一口一个姐地叫着，说以后有什么业务尽管来办理，一定让我满意。我由衷地向她说了声“谢谢！”。

对于银行这道门槛，我历来就非常敬畏。一方面它是咱的财神，虽然钱不是它给的，但是自己千辛万苦挣来的钱总会与它打交道，于是在心里也就有了对它的感恩与敬重。每每看着银行工作人员平静的表情，娴熟的操作，心里总会有种安全感。

我想，今天这个银行营业网点的姑娘，心里很可能积聚了不能言说的阴霾，以至于脸上阴晴变化无常。不管怎样，职业道德是每个行业的底线。作为行业员工，你的作为直接影响着你的行业的准则与形象。

-2018 年 1 月 -

醉　迷

（一）

不知不觉中便来到了一处说也说不清楚，叫也叫不出名字的地方。

只见绿树遮天蔽日，只能从枝叶的婆娑中窥见那些许的蓝天。于是顺脚下的小路往前走，寻一条能让自己豁然开朗的路径来。

那边便有通冲的大道，我却走不过去的，眼见那么多的游人步履轻松地踏去，我却无论如何指挥不了我的脚。他抗议了，很不听话的你指西他往东，甚至干脆雷打不动了。

脚下其实也不算路，只是一两个行人踩倒了杂草，而模糊的似路非路的一条痕罢了。

竭力想去走那条宽广的大路，好容易做通了脚的工作，刚行进五六米，突然草丛中跳出一怪物来，说怪的原因是他似虎非虎，似狼非狼，似象非象，似鹿非鹿，似马非马的东西，远远超出那四不像，我就叫他十不像。

突然，有姑娘银铃般的笑声，飘然而至的是一个美得不能再美的少女，纯纯的，带着甜甜的笑。

轻启朱唇，声音袅袅娜娜。

“走么？”

“您要走么？”

“啊？啊！　哦！”我不知所措。

“来吧，跟我走吧。”

那婀娜的身影在前，我的脚却很听话地跟着走去。

（二）

沿一条花溪小路，径直往前走。

突然眼前豁然一亮，是一片开阔地。

树木郁郁葱葱，那繁茂的枝叶间透出红红的果子，发出诱人的香味。

一径走来五六个村姑打扮的小姑娘，玉手托着精致的银盘。银盘里摆放着不同的水果，晶莹，透亮，散发着一股清香。蜜蜂蝴蝶盘旋着、追逐着……还不时地亲吻一下客人。蓝蓝的天空已经露了出来，漂浮着几朵白云，好惬意哟！

“我坐在城头观山景！”

一老翁手摇羽扇，迈着轻盈的步伐走下山来，真有诸葛的闲适。

老翁一边前行，一边比比画画，全然是舞台的感觉。

“慢点，慢着点！”

旁边的老妪，不停地嘱咐着。老妪打扮妖娆，走起路来花枝乱颤。

不远处的凉亭下，一对老翁正对弈，旁边站立一君子，只是颔首，绝不言语。

姑娘朝我招招手。

我却挪不动脚步了，我不想离开这个世外桃源。

（三）

正揶揄前行，突然一座寺院呈现在眼前。

寺名曰“迎江寺”。震风塔屹立其中。只见塔的底层厚厚封闭，只留有个二尺见方的小窗，窗上紧箍铁栅栏，南北通气。

趋前观看，见一“和尚”，蓬头垢面。一盏孤灯，忽明忽暗；一个蒲团，已烂边缘；一尊泥佛，倒是清爽。

这和尚不是别人，正是“闭关”几百年的弘忍和尚。左首一牌匾，上书道：“弘忍，俗家姓朱，明朝皇室的远支，江苏扬州人。祖上曾跟史可法死守扬州，在清兵‘扬州十日’的大屠杀中壮烈牺牲。父亲早逝，母亲随之而去。孩子流落街头，被迎江寺老和尚收留，度入佛门，取法号‘弘忍’。弘忍天资聪明，诵经读书，过目不忘；吟诗作对，提笔之就。”右一横额，云：“午夜梦佛显灵，菩萨降一卜神示：弘忍陷入魔道，中邪妄言，应永闭关塔底，终身隔绝尘缘，进行‘闭关’。着他日夜伴佛诵经，拜祷忏悔，已修来世。”

惊异，现已是公元2008年了，皇帝没了，清朝也没了，怎么弘忍还不能‘出关’呢?

正疑惑间，飞来稚鸡，猛抖羽翅，垂下一联——

“冰冷酒，一点水，两点水，三点水。”

又震落下一联——

“丁香花，百字头，千字头，万字头。”

好对呀！这不是乾隆爷当年巡幸河北盘山，在“天成寺”里饮酒时与大学士刘石庵作的对子吗?

“哈哈哈！”一阵狂笑。弘忍和尚笑得前仰后合。在他的笑声中突然迸出了——

“冰冷酒，一点，两点，三点。丁香花，百头，千头，万头。”

妙啊！前副纯粹是文字游戏，没有一点内涵，后副却使人感到了“酒冷”，看到了“花貌”，闻到了“花香”。

好！好！好！

（四）

那稚鸡又衔来一对子。

上联为：“风吹柳叶千枝动”。

下联为：“雨落池塘万点波”。

还没等我仔细品味，又听到弘忍的狂笑。

言道：“风吹柳叶枝枝动，雨落池塘点点波。”

问友人：“这是乾隆爷的对子吧？”

“是啊，是乾隆皇帝在御花园为湖心亭题写的。”

“好个弘忍和尚，竟敢改万岁爷的对子！”

“差矣！万岁爷就不食人间烟火？就不拉屎撒尿？”

弘忍和尚很激动，把整个身子拔在了半空。

“为一老人祝寿吧却没有祝词。什么花甲重逢，另加三七岁月，古稀双至，更多一度春秋。好像只有他乾隆老儿才会算数。”

我骇然了。

弘忍坐了下来。用那脏手摸了摸旁边泥佛的脑门，道：“庆花甲重逢，另加三七岁月，祝期颐再至，更添一度春秋。”

友人忙打躬道：“请问大师，‘烟锁池塘柳’可有下联？”

弘忍睨斜着眼睛：“灯镶渭坝桥”“炮堆镇海楼”

我的友人突然变作了那传旨之人，高呼道：“弘忍大逆不道，欺君罔上，永镇镇风塔”。

哪来这样的友人？一路都是我独行，突然冒出了友人，却做出如此下作之事。

突觉脚下踩空，一路向下跌去。

耳边是弘忍发狂的笑声。

（五）

一直往下坠，两边的山涧、树木在不断往上升去。

周围的一切，都在往上升；只有我，在坠落，在坠落，不知坠落到哪儿……

哪儿才能托住我已失控的身躯？

（六）

我终于跌到了谷底，身子软软地落了下来。

下面是厚厚的蒲草。

尽管这样，我的灵魂出窍了，已不是超凡了，惶惶忽忽中有人叫我“子琦”。我不知道为什么叫我子琦，但我听着好听，也就很爽快地答应了下来。

我回头再见超凡的躯壳，我冷笑了，只不过是个臭皮囊而已。

你真的能超脱吗？你真的能远离尘屑吗？你真的能以你个人的意志来摆布生活吗？那不过是自己掩耳盗铃的做法而已。

突然又有人笑道：“进得染坊没见过再出白布！”

子琦就子琦吧，有什么大不了的。

子琦的生活方式和超凡的生活方式有什么两样吗？还不都是有血有肉的人？

超凡想摆脱现状，做自己想做的事，想做个乡野居士，还想追求理想中的幸福。结果，一路辛苦，一路奔波，一路眼泪，一路慨叹。似乎鲜花开得时令不对，花期也不够长，没等超凡有时间和心情去欣赏，便凋谢了。那些常绿的植物想引起超凡的注意，想给超凡以上进的信心和力量，但超凡的眼睛却迷了，熟视无睹到一点知觉也没有了。

真的空空如也。

汗！

子琦却有了新的希望，如孩子般看大千世界，什么都那么吸引人。人之初，性本善。无物无污，但在子琦的眼睛里都是圣洁、美好的化身。

对，就是刚刚跑过去的那只鹿啊，似乎对着子琦在笑。

子琦一路追赶过去，鹿依旧回头笑，与子琦始终保持那么一段距离。

子琦不想追了，倦了。

子琦躺下来，鹿也停下来，悠闲自在地啃食玲珑树鲜嫩的叶片。

子琦把身子平展地躺下来，四肢伸得不能再伸。

天空中漂浮着几多悠悠的白云。

啊！蓝的天，白的云，绿的草。应该有水有花的。

在子琦的刹那间的想法还没来得及整理的时候，阵阵香味扑鼻而来。子琦睁着大大的眼睛，只见漫山遍野的都是花，鲜鲜的、艳艳的，什么颜色的都有。红的真红，像一团火，让人振奋：粉的真粉，像铺的锦缎，给人那种暖暖的感觉；紫的真紫，带着韵味，似成熟的女人；白的真白，无暇剔透，像罗马教堂里的圣牙；花儿笑着，跳着，有的疯了，竟跟蜜蜂蝴蝶玩起捉迷藏来。

那边传来叮咚的流水，是俞伯牙与钟子期吗？

子琦想，这时候让我立刻进地狱，我也值了。我享受到了人世间最美好的东西。我的躯壳和灵魂哪一个是真正的我？我还用去管他吗？

超凡见鬼去吧，子琦才是快乐的王子。

子琦要享受最最美好的东西。

鹿扭过头，问道：

“你真的感觉到好了吗？”

“真的。”

“你不后悔丢掉自己吗？”

“不后悔！只要快乐，谁是我并不重要。”

鹿不再说话。子琦可能是太高兴了。竟睡着了。

子琦再次睁眼的时候，是被冷风吹醒的。周围的那些花啊草啊的，全不见了，只白皑皑的一片。

子琦被包围在白色里。

（七）

放眼望去，全是白的。

白得让人心焦，白得让人憋闷，白得让人窒息。

流淌在身上的血还是红的吗？心是什么颜色的？

“看看嘛！”

“取出来看看嘛！”

“啥？心也能随时取出来看看？”

“这有什么稀奇的？少见多怪！”

我伸出手来抓挠自己的胸口。我的手不是九阴白骨爪啊！无论多么用力，连衣服都扯不开，更不用说剖开那皮肤，取出那颗心了。

“闷啊！闷啊！”

我的喉咙冒烟了，着火了。

我的声音飘出去了多远？我不知道。

只见从那白茫茫、灰蒙蒙的天际处，有几个黑点在晃动，越来越大了，到跟前了——秃鹫。专吃人肉的秃鹫。

不知从哪里来的一股力量，一个鲤鱼打挺，我从卧式蹿到了半空中。

跑吧，我的腿呀，快呀！我的脚呀，飞呀！我的双肋呀，快生翅膀呀！

秃鹫围着我，盘旋着。似乎没有解决我的意思。

我好累，但我不敢停下来。

因为我知道秃鹫是只吃死人的。我还不想死啊！我只要动，秃鹫就不会吃我。我跑着，躲着，移着于……终我的腿像灌了铅，纹丝动不了了。

我的那颗要挖出来的心到了嗓子眼，我却不愿张嘴把它吐出来。心，已经不愿听我的，它拼命从胸膛里冲到喉咙口，我闭紧牙关，狠狠把它压回去；它又猖狂地冲到嘴边，我又使出全身力气把它挤回去。

我知道，一旦这颗心出去，它就再也不属于我了。它的命运我都不敢去想象。在我的胸里，它还受我的支配，尽管它很不情愿；在我的胸里，它已经变了颜色，但还是属于我的。我还可以去享受它，还可以去管理它，还可以去支配它。

我尽管非常明白，尽管努力地做着一切，但，喉咙里一热，从嘴里喷出了一团。“啪”的一声，落到了那洁白的雪地上。我立刻空了，随之重重地仰倒在雪地里。眼睛睁得大大的。

秃鹫们呼啦啦地围过去了。一圈一圈，排成了行，在不停地转。

没有任何生息，死一般地沉静。

“啾！啾！啾！”一连串刺耳的叫声。

突然嗡嗡嗡嗡的。

仔细听，吓！

人之初，性本善。性相近，习相远。苟不教，性乃迁。教之道，贵以 昔孟母，择邻处。子不学，断机杼。窦燕山，有义方。教五子，名俱扬，养不教，父之过。教不严，师之惰。子不学，非所宜。幼不学，老何为。玉不琢，不成器。人不学，不知义。为人子，方少时。亲师友，习礼仪。……

“三字经！”

“秃鹫会背三字经？”

这是什么世界？畜生居然拿三字经做祭文？

我心休矣！

（八）

在看着那些秃鹫们摇头晃尾大念《三字经》的时候，我的冰冷麻木的空了的胸膛突然有了一阵阵的热。这也许就是那点没有泯灭的“良知”吧。

突然，半空中有一女子亲切又不失威严的声音：“你的心还能活，赶紧收回去吧。”

“我收的回来吗？”

“当然。就看你愿不愿收了。”

“我愿意！我愿意！我不愿做没心的人！善良的天使，美丽的菩萨，帮帮我吧！求您帮我收回我的心吧！”

“你为什么失去你的心，明白吗？”

“不太明白！但我明白我的心一旦失去，我什么也没有了。我变得一片空白。”

“正因为你有这种感觉，你的心才可以收回来。”

“但你要记住，一个人不可迷失自己。一旦迷失自己，就会变得善恶不分，黑白颠倒。还有，当你痛苦抉择的时候，最忌的是醉！不但醉了人，更主要的是醉了心。”

“明白！明白！神仙教训的是！”

“你心本善良，所以再度你一回，但你要经过好多磨难，才能找寻到你自己。”

“明白！我现在只想唤回我的心。没有她，我连站起来的力量都没有了”

“好吧！你好自为之吧！”

只见恍惚间，苍茫的天际中透出了一丝阳光。

再看，那些秃鹫已全然不见了踪影。

我的那颗心慢慢地离开了那雪地，很沉很沉地向我移来，“倏地”钻进了我的胸膛。

随着一阵刺痛，我的胸一阵大热，感觉到了那颗心在怦怦直跳。它没有在它应有的位置，而是上下乱窜。忽而跳到喉咙口，憋闷至极；忽而砸到了心底，如金在坠。

不管怎样，我感觉有股热流从胸膛在向全身流淌，浑身起了些许的力量。

我终于坐了起来，又看到了周围的一切。周围依旧是白皑皑的一片，没有走出去的路。寂静得很，连只飞鸟都没有。

我咋办？我必须走出去！我必须凭借自己的力量走出去！

（九）

我艰难地向前走去。

虽然是白茫茫的一片，不见什么路径。踩在雪地里，脚被深深地陷了进去。每向前行一步，都要使出浑身的力气。使劲地向外拔脚，然后又被深深地陷下去，身子也会随之倾斜下去。只不过十来步，早已是气喘吁吁了。

往前看，哪里是路？到处仍是白茫茫的一片。

就这样左走一段，右走一段，始终没能走出多远。再看我走的脚印，深深的，好像就在原地刻了一圈。

我再也没力气往前走了，一下歪坐在雪地里。

都说白比黑好，实际看来黑倒比白好。黑，可以让你对前面的东西有种神秘感，也许会有什么奇迹？哪怕是恶毒的奇迹也好。而这白亮亮的一片，却让你迷茫起来，却无所适从了。

怎么办？怎么办？等死吗？

突然想起神仙姐姐的话：“你要经过好多磨难才会找寻到你自己。”

是啊，我不能放弃。

我定了定神，就朝这个方向走吧。不管怎样，一定不改变方向，总能走出去的。突然我的脚底下增添了一股巨大的力量，踩在雪地上，脚陷下去的也浅了许多。尽管这样，我还是气喘吁吁了。我不敢停下来。因为我知道一旦停下来，就再也没力气站起来了。咬着牙，我继续向前。

我的脚下又有一股力量在升腾。

好欣喜！我更加有信心往前走了。我想，只要朝着一个方向走下去，一直向前，一定会走出这白茫茫的雪地的。

走啊，走啊……突然，眼前出现了黑黑的东西。啊，那是远山，我的希望出现了。不知走了多久，我终于把那白茫茫的东西抛在了身后。青山翠柏，流水潺潺。又见鸟儿飞翔了。

这次，我可不敢再眷恋这迷人的山水。因为这些都是蛊惑人的东西，不是真正的大自然。我仍旧向前。面前，壁立万仞，已经无路可走。

“走！继续！”我为自己鼓着气。我知道，这一步迈出去，可能会被岩石碰得头破血流。“走！往前走！”我攥紧拳头，坚定地向前迈出了一步。

奇迹出现了，真应了那句老话：“车到山前必有路。”石壁裂开了一条缝隙，刚好能容得下一人通过。仰头，一线蓝天。我谨慎小心地在石缝中穿行，每一步都不敢走错。走错了，身子无法回转，会被活活卡死在这深涧里。我只有向前，向前。

山石慢慢向身后退去。山石变得渺小了，脚下的路在渐渐上升。一条羊肠小道，道路两边却是那悬崖峭壁，人就像走在一条窄窄的天路上。风从耳边呼啸，云在脚下翻滚。

不能停。停下来就会滚落山涧。

眼睛不敢斜视，死死盯着前面，前面似乎有一颗亮亮的星星。脚，稳稳地。心，沉静下来。

走啊，走啊……

路渐渐变宽，山、石、树木渐渐聚拢过来。耳边听到了鸟叫，鼻子嗅到了花香，远处传来了牧笛声。

终于，我从我的醉迷中走了出来。

后 记

借助醉，说明迷。对任何事物都一样，迷到醉的程度反而不好了。就像主人公，迷失了本性。借助荒诞之手法，供读者茶余饭后噬笑。

-2008 年 6 月 -

心的偏移

“想我吗？”

“想！”

“哪里想？”

“心里想！”

“爱我吗？”

“爱！”

“真的？”

“真的！我说的是心里话！”

这是相爱男女经常说的话，反反复复。似乎只有这样，才能把爱表达得更真切，印证得更实在。

什么“真心真意”“心心相印”，什么“没良心”“负心汉”“蛇蝎心”……不管是褒义的，还是贬义的；不管是甜美的爱情，还是爱情的悲剧，都离不开一个“心”字。

明明是脑里想，却说是“心里想”；明明人人都有真的心，却偏偏强调自己才是“真心”。

那颗如拳头般大小的心，虽小，却承载着生命。当一个生命有心音开始，“心”便承担起了她的职责，一刻不止地工作着。

“心”尽着自己的本分，尽着自己的职责。为什么还要承担那些本不应该由她承担的责任呢?

“心”的位置不在身体的正中央，她选择了胸腔的左侧。天生就注定了“偏心”。

自古有云：“兼听则明”，很有道理，我觉得心的偏移，更可谓是“监听则明”。“不识庐山真面目，只缘身在此山中”，正是这个道理。“心”的偏移，就是想跳开这个圈子，冷静地观察、分析、判断，做出正确的决策。她正是一个“旁观者清”。所以说，“心”不居功，不自傲，谦逊、持久、犀利是她一贯的作风。她在不断地调整完善自己，使自己不至于迷失。

心的偏移、公正、客观。一旦两个人紧紧相拥，两颗心能相印吗?一个偏左，一个偏右。相拥得越紧，“心”被挤得更远，心跳都困难，哪还能够聆听对方?一味下去，本想让两颗心靠近，结果适得其反，再也找寻不到对方了，那颗心被“挤”掉了。

保持一段距离，彼此听到心音，相知、相爱，给两颗心以自由的空间，爱会更持久。

心的偏移，正是追求了一种空间的自由、精神的自由、灵魂的自由、情爱的自由。心在不停地搏动着，她在不断地提醒——生命的存在、生命的延续、生命的意义。

偏则知正。居于偏位，可明辨事理；居于偏位，可正其身；居于偏位，可知人之长短，物之优劣；居于偏位，可知自己所需，自己所为。

心的偏移，可锻造出一个高洁的灵魂。

爱与不爱，是自己的真实的感觉，不要迷惑于那信誓旦旦的言语。两颗心合不成一颗心，更不会有心心相印。有的是那份真诚、理解与责任。

偏移的心，犹如那斜照的太阳，温暖，没有伤害。生命只有在这样的光照下，才能旺盛。

-2009 年 5 月 -

真爱的价值

耶和华神说，那人独居不好，我要为他造一个配偶帮助他。耶和华神使他沉睡，他就睡了，于是取下他的一条肋骨，又把肉合起来。耶和华神就用那人身上所取的肋骨，造成一个女人，领他到那人跟前。那人说："这是我骨中的骨，肉中的肉，可以让他为女人，因为他是从男人身上取出来的。"因此，人要离开父母，与妻子联合，二人成为一体。

这是圣经中关于男女真爱的故事。我是唯物主义者，不信奉什么教义。但是，我很欣赏。一个女人出自男人的肋骨，并非出自他的脚用来践踏，也不是出自他的头来统治男人，而是在他的旁边以求平等，在他的臂弯中寻求保护，靠近他的心脏以求被爱，这是一个女人的真实价值……如果她真的是你生命中注定的女人，是你丢失的肋骨，不管她有什么缺陷，请你好好爱她，好好保护她，好好珍惜她，每个人都应该幸福的。

突然想起这段，缘于今下午与一朋友的聊天。两年未见，我的朋友突然打电话，跟我谈起了他的婚姻家庭。他正处于婚姻家庭破裂的边缘阶段，在这困惑之时，突然想到了我，并把这些告诉了我，可见对我的信任。

常言说"当局者迷，旁观者清。"听他的叙谈，我知他已陷入了感情的漩涡之中。他无力自拔，也不想自拔。他在努力地为自己的选择寻找着着力点，积聚冲出去的力量。作为朋友，作为一个真心为他好的朋友，我开诚布公地也是毫不客气地讲了我的观点。他决心似乎已定，但我还是劝他"悬崖勒马"。

整个下午，我如鱼翅刺喉。对于我的好友，我却无力劝阻。他说："我现在真的不想活了。走出去也许是光明。”实际上，他是想让我给予他力量，鼓励他走出去。但我不这样认为。这只是他们的一时冲动，家庭、社会、孩子、老人、工作等等一系列的事情都在包围着她们。他们不再年轻，不再是憧憬那花前月下、荡舟嬉戏的青春期。当然，我并不反对中老年人追求自己的爱情。何为爱情？何为真爱？人生短短几十年，有多少时光由得你去为自己的所谓幸福着想？什么又叫幸福？真爱是为幸福而设定的。如果真爱换来的是相亲相爱的一家人的苦难，那这种真爱的价值何在？

我在想，真爱的价值是什么？首先要真心地去爱对方，去为对方着想。少男少女为了真爱，可以不顾一切，因为他们正是那个年龄阶段，他们此时的任务职责也就是要找到真心相依相伴的那一半。而到中年的朋友们，有了自己的家庭、事业、子女，在这个时候，突然感到了异性的光彩，然后就开始想那从来没想过的事情，甚至要试龙潭置深浅，玩出了界，玩出了火。

我不是在亵渎真爱。感情的出轨是多方面的，也是情有可原的，并不是说婚外情都是不道德的。但是，在感情基础很好的情况下，维持着的婚姻家庭关系，为什么要因为个人的所谓真爱而去破坏掉呢？你获得了所谓的真爱，你高兴了，难道你心里不会内疚？与你朝夕相处，同甘共苦几十年的糟糠之妻，她的快乐在哪？她到哪里去寻找真爱？常欢膝下的儿女，看着变故的老爸老妈，他们的快乐又在哪里？这将会给儿女造成一生的痛苦。他们不知所措。或惶惶不可终日，或倦怠了这个尘世，认为人间根本没有真情。一旦毁坏了孩子的信念，那你为人父母的职责何在？老人最大的愿望是看子孙承欢膝下，那是他们的骄傲。享受天伦之乐是人生最大的愿望。他们的荣誉就是孩子们的安逸。那么，当闹到离婚、分家产的时候，老人的尊严何在？老人又怎么谈得上安享晚年幸福？这就是真爱吗？给自己的老人、孩子，还有对自己并无过错的爱人，带来终生的巨大痛苦，于心何安？这样的情感算不算道德呢？

有这样一句话，“快乐不要建立在别人的痛苦之上。”事实恰恰相反，就有那么多的幸福之事，理所当然地建立在别人的痛苦之上了。还大呼“我们是真心相爱的！”

就事论事，绝不是诽谤我的朋友，也绝不是贬低那些真心相爱着的人们。喜欢和爱一个人是人之常情。一个人和一个人在一起待久了，待惯了，就感觉不到爱意了，也碰撞不出爱的火花了。人也是动物，也都在每时每刻地寻找着刺激，感受着新鲜。男女情爱也是如此。尽管自己觉得不应该去那样做，但是本能和冲动，还是在一步一步地向前走去。然而，人又是地球上最高级的动物，应该是有理智的，是有责任心的，是有理想的。想想这世界上还有没有比情爱更值得去做的事情呢？爱，也没关系；离婚也没关系；结婚也没关系。只要不去破坏别人家庭，不去伤害那些无辜的人，大家会给你们送去衷心地祝福的。

人世间除了情爱，还有那么多的情感。大到爱自己的国家，爱自己的同胞，伸出那友爱之手，做出那奉献之事；小到爱自己的父母，爱自己的子女，爱自己的兄弟姐妹。更重要的是懂得自爱。什么叫自爱？就是要有自己的尊严，走出去，能顶天立地；说出来的话，要掷地有声；做出来的事，要负责任。

当然，如果两个人生活在一起，真的无法沟通，每天都在痛苦中煎熬，老人孩子也备受折磨，那可以大胆地、理直气壮地砸碎家庭婚姻的枷锁，给自己，也是给大家一个自由的有阳光的空间。

真爱的价值到底在哪里？在于奉献！绝不是抛弃，也不是舍予，更不是回报。

当你的亲人在遭受痛苦的煎熬时，当你的内心也处在不知所措时，你就要重新审视一下你的爱情了。这样的爱情是一个畸胎，没有永久的生命力。

真爱无价！

-2009 年 1 月 -

相 待

厚重的窗子被徐徐推开，一股清新的风儿立刻扑向潮红的面颊，颓靡的身子打了个冷战，隆起的眉黛慢慢舒展……

高远的蓝天，阳光毫不吝惜地洒满了角角落落。翩飞的雨燕，尽量平展了翅膀，欢快地在晴空里滑翔，伴着“啾啾”的鸣叫。

凭窗望去，西南角的那棵高大的古槐，繁茂的枝叶覆盖了那一隅天空，葱郁的绿叶之间怒放着簇簇泛着淡黄的白花。不由得想起清代诗人叶申芗的《忆秦娥 · 槐花》：“风飘香，雨余满院槐花黄。槐花黄，昔年辛苦，三度曾忙。婆婆生意欣偏强，凉归高树延秋光。延秋光，辞巢客燕，噪晚鸣精。”

一阵悲凉。如今，古槐尚茂，槐花依香，而一生劳碌的老婆婆早已去了西方……“喳喳，喳喳”，一只雀儿在呼唤着远方的娇儿……

正不知是悲是喜，却见堆放在房顶的杂物上，一只黄色的小猫咪，正透过杂物斜刺而出的那棵灰灰菜，歪着头，瞪着圆圆的眼睛望过来……

“嗨，你好啊！可爱的小家伙！”我惊喜地挥着手向它打着招呼。

小猫咪一下子挺直了身子，警惕地瞪着那双大眼睛，头歪了歪，“噌”得如一条黄线窜走了，那棵灰灰菜晃动了身子，冷漠地看着我。

路上做买卖的车喇叭又想起来了：“叠个千纸鹤，再系个红飘带， 愿善良的人们天天好运来……”

一阵阵剧痛又袭上来，冷汗潮湿了我的衣服，只好又蜷缩到床上……

知了声嘶力竭地拉着平调，不肯停歇，这应该是秋蝉了吧？后院不时传来一声声钝斧斫木头的声音……

放翁的《晨起》又萦耳际：“心安已到无心处，病去浑如未病前。晨起更知秋色好，一庭风露听鸣蝉。”

我终于沉沉眠去。

-2008 年 5 月 -

难得糊涂

耳际边突然响起了郑公的“难得糊涂”，并且久绕不肯离去。然后便引起了我众多的感慨。本人生性秉直，从来不会阿谀奉承，更不会拉关系、交朋友。所以见到别人钻营贿赂而得到好处，只有干生气的份。既然这样了，还要劝自己不要生气。一切皆命中注定。别人会拉关系、钻空子是天生注定的；别人有钱去贿赂也是老天安排他走的这步棋。我的品性，也是天生注定的。也就是说老天已经安排好了你是怎样的人，你要走怎样的路，你要过怎样的生活。

天生我才必有用。既然老天看着你存活，就会眷顾你，就会安排你做你应该做的事，走你应该走的路，过你应该过的日子。上天不会掉馅饼。只有靠自己的努力，靠自己的勤奋。你只要认真地审视自己，做自己应该做的事，你也就觉得生活很充实，很舒心了。不妄加议论某一个人或某一件事；对任何事情都要向好处去想，去客观地对待，就不会使自己的心再受委屈，再骚动。所以，责人先必责己。看看自己是否真正做到了完美，是否真正让人家指不出缺点来。如果只把自己看得完美无缺，当成一回事，其他便不是一回事了，而恰恰相反，事实上其他又是一回事时，岂不把自己摔得重重的？一颗失落的心怎不惴惴不安、骚动起来呢？

在人际关系中，先要有自己做人的尊严，然后平等相处。要想爱自己，首先爱别人，爱你身边的亲人，爱你周围的每一个人。爱他们，尊重他们。他们才会爱你，才会尊重你，以博大的胸怀去善待每一个人，每一件事，周围的一切才会反过来善待你。你也就不会感到孤独无助，甚至心躁不安了。

我自己曾写下这样的座右铭：“人生在世，难得糊涂；事无巨细，心静如水。”要真正做到这点，谈何容易。但这的的确确是人生的真谛。当我从漩涡来到沙滩时，心中出现的便是这句话，它蕴含着人生哲理，提醒着我如何做人。也确实对我的身心是一种锤炼，一种陶冶，我从中受益匪浅。使我感悟着人生的每一滴水珠，每一声心跳。让人不免想来想去的仍是这句话“人生在世，难得糊涂；事无巨细，心静如水。”

“难得糊涂”取之郑板桥。郑板桥有这样的感悟，而他以画竹著名。竹的品性刚直不阿，宁折不弯，节节翠骨，铿铿作响。那叶似箭，没有一丝婀娜的样子。而擅画竹，深谙竹的品性的郑板桥却写出了“难得糊涂”这样的条幅，不正说明做人一定要朴直，要有尊严吗？而处事不要斤斤计较，对自己的个人得失还是糊涂一些的好，对别人的贪欲丑为还是糊涂一些的好。

有句话说得好：“心地无私天地宽。”人活这一辈子呀，确实不易。庸庸碌碌地过就有点浪费生命；拼呀搏呀，又未免太苦了，还是顺其自然吧。

-2008 年 7 月 -

没有对手的比赛

比赛是需要对手的，并且需要的是旗鼓相当的对手。一旦出现在决赛场上的只是自己，而看不到对手时，会是一种什么心态？又会是一种怎样的战局呢？而原则上规定赛事必须如期进行。

你或许会说，根本没有这样的赛事；你也或许会说，就是有这样的赛事，岂不是件好事？因为只有一方在鏖战疆场，岂不稳操胜券？

错！大错特错！当你真正去经历一场没有对手的赛事的时候，你会觉得自己的想法如此幼稚！在这样的境况下的赛事，打起来是如此艰难！

没有对手的比赛，赛的是耐力，拼力，还有技术。没有对手的比赛，是自己对自己的一种挑战。没有人设防，也没有人给你设障，而考验的是自己如何冲破自己的束缚，剥开自己为自己精心包裹的茧。没有对手的比赛，敌人就是自己。

看到自己的实力容易，找到自己的优势也容易，而找准自己的缺点非常不易。有对手可以借力推力，而没有对手的赛场，只能通过自己完全的力量，不折不扣地来完成任务。有时，自己给自己设置的障碍，难以预料，难以消除。这就是说，防备的往往是敌人，而不是自己。而自己的软肋正是自己最要命的地方。

自己跟自己捉迷藏，的确要付出耐力和持久力，必须保持旺盛的战斗力。有敌人，容易振奋，容易找到切入口；而自己跟自己打仗，却难以下战书。往往把精力消耗在优柔寡断和一点一滴的失误上。

这犹如现实生活，渴望寄予的目标虽然宽泛，却也是机缘，差微米也不是你的。还需要你耐心的等待和充分的准备。一旦机遇来临，就要牢牢地抓住，做到

“稳”“准”“狠”。不然，坐失良机，会有下一个的“耐心等待”。而人生短暂，又有多少可以重来呢？

有敌人，有对手，才会有斗志！有敌人，有对手，才更能体现人生的价值。有敌人，有对手，其乐无穷！

-2011年3月-

也无风雨也无晴

“傻子自以为聪明，但聪明人知道他自己是个傻子”这是语言大师莎士比亚的箴言。不知为什么总想到莎翁的这句话。

人生的目的，在于享受生命，在于体验生活的美好。生命本身是自足的，生命本身就是有意义的，自有其神圣和尊严。越是底蕴丰富的人越能理解这一点。成名成家与否，丝毫不能增加或降低生命的价值。把追求成名成家当作人生的目的，不仅是画蛇添足，也是一种似是而非的浅薄。

无论是在单位，在家庭，或是在社会上，在同学、同事、家人、朋友之间，遇到一些“名”和“利”的事，最好“糊涂”一点儿，看淡一点儿，让着别人一点，切忌万万不可与人争名夺利，抢功争宠。

古人云：“取象于钱，外圆内方。”人生难得糊涂，贵在糊涂，乐在糊涂，成在糊涂。为人处世，即使在人生日常生活中，也不要处处表现自己的聪明，而应当“边缘”圆活，大智若愚。孔子曾这样夸赞颜回：“吾与回言终日，不违，如愚。退而省其私，亦足以发，回也不愚。”颜回，可是孔子最得意的学生。孔子的意思是说，他与颜回谈论一整天，颜从不提反对意见和疑问，就像一个愚笨的人。可是课后孔子观察颜回，发现颜回却能很好地发挥，原来颜回是大智若愚啊。有大智慧的人，不显山露水，不卖弄聪明，表面上看起来很愚笨，实际上却绝顶聪明。我们是寻常人，不是大智者，但我们的心境可以效法，心胸开阔些。韬光养晦，不至于过早地被大浪淘去。

贪财贪名是争名夺利的根源。现在的中国人似乎比任何时候都看重金钱的价值，一切都更以金钱天平，直至丑恶不堪。一些人争得了名，夺取了利，却又不知道珍惜，任意践踏、挥霍。他们可以一掷千金在酒席上，还可以把百元钞票当手纸，却不肯拿出一分去给慈善事业，为那些急需的弱势群体献份爱心。当他们疯狂吞噬社会而又对社会毫无用处和价值时，就沦落为人人耻之的人渣了。人不应当争名夺利，在名利问题上要拿得起，放得下。一边享受着名利，一边又为名利所困扰，所羁绊，岂不成了名利的囚徒？这样的人生有何乐趣？何况争名夺利还会引来无穷无尽的灾难。

不仅想到了《空空诗》：“天也空，地也空，人生渺茫在其中；日也空，月也空，东升西沉为谁动；田也空，屋也空，换了多少主人翁。金也空，银也空，死后何曾握手中。妻也空，子也空，黄泉路上不相逢。朝走西，暮行东，人生犹如采花蜂。采得百花成蜜后，到头辛苦一场空！”争名夺利只会毁害一个人健全的心灵。到头来吃亏的还是自己。

做人做到佳处，须是清心忘我。智者的情怀，应是登山临水，啸傲烟霞，寻访故迹，欣赏景色，抒发感慨，盘膝枯坐，冥思苦想，发为文章，在乐道中享受人生的尊严和快乐。也就是智者乐水，仁者乐山。

以出世的精神，做入世的事业。

台湾著名女作家罗兰认为：“当一个人碰到感情与理智交战的时候，常会发现越是清醒，越是痛苦，因此，有时候对于一些人和事，真是不如干脆糊涂一点倒好。”糊涂、吃亏反而是心灵的一种宁静。聪明是祸，傻是福！

随遇而安，也无风雨也无晴。

让我们的生命更自由自在吧！

-2008年6月-

玉 望

他姓玉，名望。他从娘肚子里一落生，就与众不同。不是“呱呱”坠地，而是两只小手半空里胡乱抓一气。接生婆使尽浑身解数，也没能让他哭出一声。而他摇动的双手，就是不停地抓啊抓啊。小手一下子触摸到了接生婆手腕上的银圈圈，抓得那个死啊。接生婆怎忍心伤害到这么稚嫩的小手，只得忍痛割爱。奶奶心疼得把自己祖传的一个金镯子换给了接生婆。他把小手抱在了胸前，小嘴咧咧，睡了。

爷爷乐了，觉得玉家今后肯定要走运了，希望就在这小孙孙身上。于是，就很自然地给孙子起了个“望”字，他把玉家几代人的希望都寄托在了这个孙儿身上。

玉望，在长大。

岁数在长大，个头也在长大。

玉望，不做任何事情，因为他坚信自己就是奇迹，就是希望。总有一天，那个“望”字会降临到他的头上。

爷爷奶奶带着遗憾走了。

爸爸妈妈带着遗憾走了。

妻子带着 7 岁的儿子恨恨地走了。

房子也随着风儿飘到了别人那里。

玉望，把村口那棵高大的不知名的树当作了他的“家”。

他吃在树下，睡在树下，并且在树下做了好多好多的梦，但是梦境几乎是一样的。就是那大树上的叶子不再是树叶了，而是一张张的钞票。

玉望，每天躺在树下，眼睛死死盯着这些“钞票”。他心里明白，这些“钞票”也有个生长期，得到了成熟的时候才会往下落。

玉望，他不敢离开大树，他怕别人捡走了便宜。那可是他的摇钱树啊。

玉望，眼睛一眨不眨地望着树上那密密的“钞票”，心里好美好美！他惧怕人们到树下来。他用各种方法驱赶着他们。人们只好躲得远远的，就连施舍给他的食物都采用了“空投”的方式。

玉望，安心了。

玉望，他一心就等着那些“钞票”成熟下落。

玉望，懒得吃东西，更懒得动。但是眼睛是绝对睁着的。万一树上的“钞票”成熟了，往下落，而他还在沉睡，被他人抢了去，不就吃了大亏？

玉望，躺着，看着，

看着，躺着……

终于，那树上的“钞票”成熟了，开始往下落，一张，两张，十张，百张……满树的钞票啊，铺天盖地地飘落了下来……

玉望，眼珠子都快瞪出来了。“钞票”，全奔他而来，一层，一层，又一层，盖住了他的那张欣喜的脸，盖住了他破烂不堪的身体。

玉望手里抓着“钞票”，嘴巴吻着“钞票”，眼睛眯着“钞票”，心里想着“钞票”，全身的每一个汗毛孔都在感受着“钞票”。

“钞票”还在落，还在簌簌地、密密地往下落。很快就把玉望覆盖得严严实实。

玉望的身体在往下陷，那是“钞票”压的。很快，玉望便被陷进一个深深的大坑，“钞票”把玉望紧紧挤着，一点缝隙也不露，他身子的上面、下面、左面、右面、全是那迷人的“钞票”。被“钞票”包围着的滋味恐怕只有玉望自己能够知道。

玉望，浑身一点力气都没有了。那颗心还在微弱地一起一伏。似乎钞票能感到玉望的心在说什么，于是，还在不停地在玉望的身上、周围聚集。

……

好心的乡邻把玉望送走了——让他和他的爷爷奶奶、爸爸妈妈团聚去了。

村口的那棵不知名的大树依然是那么枝繁叶茂。

“玉望”的故事也传开来了。

-2009 年 8 月 -

收获自己

时间在指尖间悄悄地滑落，岁月的沧桑已经悄然地爬上了额头，明眸里已经有了淡淡的愁绪，微笑冻结了。

杯杯绿茶，热气缭绕。时光便在这芬芳中蒸发到空中，飘然而去，无影无踪了。

百无聊赖，毫无生趣。无聊的人，做着无聊的事，争论着无聊的话题，调侃着无聊的笑料。本很珍贵的一切，就这样在无聊中毫不可惜地丢掉了，再也寻它不回。

总想重塑自己，总想再激起那奋发的斗志。但是，也总是被这样或那样的懒散的理由，放纵了自己，懈怠了自己。

打开他人的扉页，诵读他人的人生，寻觅他人的轨迹，便如一针针的芒刺，刺到了心里，淌下殷殷的血来。本已麻木的心，痉挛着，突然觉得自己还是一个鲜活的生命。这颗心还在跳动。

常常喟叹自己的不如意，常常向往他人的理想轨迹。当你真正地读懂生活的时候，便觉得人与人都是平等的，境遇都是一样的，轨迹也是一样的。不同的是，相同的境遇下，人走的路不一样。选择了勇敢和进取，就会出现辉煌；选择了怯懦和退缩，就会没有黎明。

生命是最可贵的，善待自己是重中之重。无所事事是慢性自杀。而真正的爱惜自己的生命的方式便是有效地利用生命。使生命历程中的每一段，每一时，每一分，都要有它存在的价值，有它绽放的意义。努力便是对生命价值体现的一种最好的诠释。

一分汗水便有一分的收获。付出和收获正是生命价值的有效体现。而人生的最大快乐便是这种努力的过程。峰巅的风光固然迷人，但是每一个登上峰巅的人对快乐的真实感受，却是在登峰的过程中。

不要给自己定下什么目标，但是必须时刻提醒自己努力。这并不矛盾。大家都知道奥林匹克的最高境界便是重在参与，而最高目标便是更强更快更高。这就是一种自我挑战精神。心中自有自己的目标，不攀比他人，不模仿他人，不刻意规划自己，一心努力了，条条大路通罗马，便收获了自己。这就是人生的最高境界，也是人生价值的最大体现。

再长的路，一步步，也能走完；再短的路，不迈开双脚，也无法到达。人生真的没有彩排，更不会有假如。只要走过的每一步路，无怨无悔，便是收获了自己。

-2010 年 1 月 -

真正的生活不是散文诗

烛光摇曳，男女主人公对坐桌前，相视着，轻轻举起盛着葡萄酒的高脚杯，深情地说:“亲爱的，我们干了这一杯吧！它是爱的见证。”“是啊，这杯子里装满了我们真挚的爱，装满了我们不变的情。”幽美的音乐响起来了，男女主人公缓缓离开了座位，相拥着，跳起了舒缓的舞，一切都沉醉起来。

这是一个多么浪漫的夜啊！你曾经有过吗？你羡慕过吗？我说这是真正的生活，你信吗？浪漫的一瞬，谁都会有，谁都有可能经历过，要说这就是真正的生活，那得另当别论了。

如果在现实生活中，在真正的家庭生活中，每天演绎着这样的生活场景，相信你的汗毛都要竖起来，会惊愕这两个人有病吧？

真正的生活是酸甜苦辣咸大调缸，是锅碗瓢盆交响曲，是油盐酱醋茶大杂烩。真正的生活是在男人的匆匆忙忙中，在男人的聊赖吸烟中，在男人的吹胡子瞪眼中。真正的生活是在女人的粗门大嗓中，在女人的絮絮叨叨中，在女人的泡红磨粗的手指中。

真正生活中的男女不会再说“我爱你！”那“爱”潜移默化于生活的每一个细节。那种爱表现于喜怒哀乐，表现于侃骂嗔怪，表现于歇斯底里。如果两个人真的到了“相敬如宾”的程度，那已经不是爱了。

真正的生活不是散文诗，那么深情地表述，那么浪漫地体会，那么雕浮地张扬。除非不是夫妻，不在过真正的家庭生活。如果真正的夫妻到了张口闭口说“我爱你”的地步，那他们各自的心里在爱着别人，在做作，在掩饰。真正的生活中夫妻无需刻意表达，无需在对方面前展示自己。因为彼此的心里已经融入了对方，你做就是他做，你付出就是他付出，你接纳就是他接纳。一切就是那么理所当然。

真正的生活不是花前月下，观灯赏菊。真正的生活包括工作、家庭、金钱、情感。真正的生活绝不是浪漫的散文诗。真正的生活是沉重的、琐碎的。真正生活里的人们表现的是真性情。

真正的生活也是一次不归的旅程。徘徊的十字路口都在浪费着自己的生命。在路途中行走，一定要让自己走得踏实、精致。首饰可以不戴，妆可以不化，但一定要有质感。真正的生活中男人或女人都会遇到许多的女人和男人。但，在乎你的或你在乎的没几个。在真正的生活中，应当向往平平淡淡，感情不要刻苦刻骨，不要激情荡漾。生活有她的凝重，浑厚。偏离了生活，那只是海市蜃楼。

真正的生活不是散文诗。真正的生活就是早晨醒来能够感受到一缕阳光，行色匆匆中感受到我是人流中的一员，华灯初上时一家老小围坐在电视机前。

生活就是生活，平平淡淡，细水长流。

真正的生活不是散文诗。

-2008 年 10 月 -

黑子·尊重·其他

再次读《军犬黑子》，感触颇深。那种隐隐之痛又一次侵扰着我已经有些麻木的灵魂。不仅为黑子，更为这些直立行走的人。

《军犬黑子》，讲述了这样一个故事：

一个军犬训导员，训练出一条名叫黑子的军犬。这狗极其聪明，于是训导员决定考考它的反应分辨能力。他找来了十几个人，让这些人站成一排，然后让其中的一位去营房“偷”了一件东西藏起来，之后再站到队伍中去。这一切完成了，训导员牵来了黑子，让它找出丢失的那东西，黑子很快就用嘴把那东西从隐秘处叼了出来。之后，他指了指那些人，让黑子把“小偷”找出来。黑子过去了，没费劲就叼住了那个“小偷”的裤腿将他拉出了队伍。应该说，黑子把这任务完成得很圆满，但训导员却使劲摇了摇头说：“不！不是他！再去找！”黑子大为诧异，眼睛里闪出迷惑，因为它确信自己没有找错人，可对训导员又充满了一贯地绝对信赖。黑子相信了训导员，又回去找……经过再三谨慎辨认，它还是把那个人拉了出来。不！不对！训导员再次摇头。再去找！黑子愈发迷惑了，只好又走了回去。这次，黑子用了很长的时间去嗅辨。最后，它站在那个“小偷”的腿边转过头来，望着训导员，意思是——我觉得就是他……不！不是他！绝对不是！训导员又吼，且表情严厉起来了。　黑子的自信被击溃了，它相信训导员当然超过了相信自己。最后，黑子在捕捉训导员的眼神中把一个并不是小偷的人拉了出来。训导员和队伍里的人哈哈大笑起来。黑子终于明白这是个骗局，重重地垂下头，一步步走了开去。从此，黑子不吃不喝，精神委顿。黑子不再信赖它的训导员，甚至不再信赖所有的人。它不再目光如电，不再奔如疾风，甚至不再虎视眈眈，威风凛凛。

黑子永远离开了驯犬队。

这仅仅是一个人与犬的故事吗？这里在讲述着一个人生至关重要的问题：人与人之间要学会尊重。最大的伤害往往就来自自己最信赖的人。

尊严是崇高的，是不可侵犯的。在人生的旅途中，首先学会的是要尊重别人。孟子曾说过："爱人者，人恒爱之；敬人者，人恒敬之。"尊重别人是一种美德，被人尊重是一种幸福。当你尊重别人的时候，也是在尊重自己。

信赖是建立在诚信基础上的。诚信乃做人之本。信赖是两个人心灵的约定，是不成文的潜规则。而维护这个规则的便是尊重和诚信。值得信赖的人，才会倾心交流，才会真心相助，才会为之去赴汤蹈火。不尊重他人，破坏规则，是对真诚的亵渎。而这样的人，不值得你去敬重他，不值得你与之交往。

欺骗是一个很可怕的东西，人与人之间美好、真诚、牢不可摧的信任，都会被它轻而易举地摧毁。

来自敌人的伤害并不可怕，因为敌人就站在你的对立面。你会很清楚地知道他，你会全身关注地应对他、防范他、抵御他、战胜他。敌人给你带来的伤害是顺理成章的，是疼在表皮的，是能够治愈的。

最大的伤害却是来自自己最信赖的人。他一直做着你的朋友，一直在和你并肩战斗。但是，殊不知，你的朋友已经在暗度陈仓，你最信赖的人会从背后倒戈。这样的暗箭防不胜防。朋友带来的伤害是意想不到的，是疼在心里的，是无法愈合的致命伤。

做人应当光明磊落，坦坦荡荡。冷静地思考一下，我们便会发现：尽管有欺骗，但真诚在它的反衬下不是显得更美吗？尽管摔倒众人面前，但不正是这一跤的激励，方才一路艰辛一路歌，调整坐标继续跋涉了吗？所以，坦荡终将战胜卑鄙，战胜敌意。事业热衷于脚踏实地的人，朋友信赖于以心交心的人。

最后，以《军犬黑子》的结尾作为本文的结尾，也许，从这里你会体会到：一个直立行走的人，应该如何做人。

——当黑子明白了这是一场骗局之后，它极度痛苦地嗷叫了一声（我觉得这是黑子在向人类的悲鸣，也是抗争，更是呐喊。），几大滴热泪流了下来（黑子的泪，是为自己错跟了人而悔，更是为人类悲哀。）。然后，它重重地垂下了头，一步一步地走了开去……

黑子！黑子！你上哪儿去？训导员害怕了，追上去问。

黑子不理他，自顾自地往营地外走去。（黑子不屑。）

黑子！黑子！对不起！训导员哭了。（一句对不起就完了吗？这是心灵伤害，是不可愈合的伤。）

黑子无动于衷，看也不看他一眼。（哀莫过于心死。这是黑子的悲哀，更是人类的悲哀。黑子在用那破碎的心挣扎着维护着自己的尊严。）

黑子！别生气！我这是跟你闹着玩儿呢！训导员扑上去，紧紧地搂住了黑子，热泪滂沱。（这样的悔悟已经完了。黑子彻底被击垮了。）

黑子挣脱了训导员的搂抱，一步步地走到了营外的一座土岗下，找了个背风的地方趴下了。

此后好几天，黑子不吃不喝，精神委顿，任训导员怎么哄，也始终不肯原谅他。（黑子的心在淌血，而伤害它的却是它最最信赖的人。）

后来，黑子不再信赖它的训导员，甚至不再信赖所有的人。同时，它的性情也起了极大的变化，不再目光如电，不再奔如疾风。甚至不再虎视眈眈、威风凛凛……训导队没办法，只好忍痛安排它退役。

-2009年11月-

“作者”与“作家”

传播文化的渠道多了，而作家也如雨后春笋，比比皆是。就像那胡萝卜大蒜一样，一抓一把，超出了它的实质，用之不贾，弃之可惜，便只好寻了那网袋装了起来，高高悬之，这就是最好的安置。

不能因为出过一本书，就称之为“作家”。因为当今文坛市场，只要有钱，垃圾也会变成金装。真正的作品要经得起历史长河的荡涤，真正的作家要有着与众不同的质地。

一双慧眼？一副清醒的头脑？一支可以杀人的笔？一腔博爱的胸怀？……

谁敢给“作家”下定义？谁又能给“作家”下定义？只有历史，只有民众。

“作者”和“作家”，是截然不同的两个概念。只要写出文字就是作者，而“家”如何称之？那是要得到公众的认可，岁月的推敲，历史的鉴定的。

人性的东西，只有在真正作家的笔下才能彰显它的本质。扭曲的、虚伪的，只能幻视给读者一个稻草人，一个子虚乌有的东西。

作品从生活中来，作家也应从生活中来。天马行空、信口开河，那只能是站立街头的妇人，只图一时之快，全没有丝毫负责的意思。

我现在还不是什么家，充其量只是个名不见经传的笔者。因此，我还敢凭借骨子里的那点良心对所谓的“作家”“作者”说三道四，这就叫“无为者无惧”。如果有一天我真的被人吹捧为作家，而自己也渐渐蒙蔽了心智也觉得是的时候，我想到那个时候对于一些真理的东西，我就会畏首畏尾，甚至于“指手划脚”了。

“家”，不是自封的，也不是吹捧的，更不是炒作的。“家”要有自己的范，要能够驾驭艺术，在艺术的领域里任意驰骋。要有视物述其骨，听音而得型的能力。不然的话，人云亦云，不知所踪，或者干脆来个指鹿为马，不伤你，也保了我。

傲慢相轻、急功近利、自以为是，是当今文人的通病。听不得正确的言论，容不得反面的观点，自我为尊，唯我独行。

作品是为大众服务的，是时代的娇儿，是民众的心声。死亡、战争、爱情，是古今中外文学作品永恒的三大主题，谁又能跨越？因为谁也无法更改历史，谁也不能超脱社会。生活的本质就是如此。

人性之美在于淳朴。只有淳朴自然的东西才是最高尚的。点石为金、漫天虚构，只能创作出一个又一个虚假丑陋的“神马”。

文章，文明的先驱，野蛮的清道夫。

你准备好了吗？铺天盖地的“作家”们？不如安心做一个“蜣螂”。

-2011 年 7 月 -